[荷] 奥莱斯特·平托 著
李言实 译

间谍捕手

山西出版传媒集团
北岳文艺出版社
·太原·

图书在版编目（CIP）数据

间谍捕手 /（荷）奥莱斯特·平托著；李言实译. —
太原：北岳文艺出版社，2025. 5. —— ISBN 978-7-5378-
7094-8

Ⅰ. I563.45

中国国家版本馆 CIP 数据核字第 20259HH142 号

JIANDIE BUSHOU
间谍捕手

［荷］奥莱斯特·平托　著
李言实　译

//

出品人 董利斌	出版发行：山西出版传媒集团·北岳文艺出版社 地址：山西省太原市并州南路 57 号　邮编：030012
选题策划 谢放	电话：0351-5628696（发行部）　0351-5628688（总编室） 传真：0351-5628680 经销商：新华书店
责任编辑 谢放	印刷装订：山西万佳印业有限公司
装帧设计 谢放	成品尺寸：148 mm×210mm 字数：180 千字　印张：8 版次：2025 年 5 月第 1 版
印装监制 郭勇	印次：2025 年 5 月山西第 1 次印刷 书号：ISBN 978-7-5378-7094-8 定价：68.00 元

本书版权为本社独家所有，未经本社同意不得转载、摘编或复制

目　录

源起 …………………………………………… 1
审讯的方法 …………………………………… 25
一个追求完美的间谍 ………………………… 49
难民的暗影 …………………………………… 63
考核特工 ……………………………………… 95
耐心是美德 …………………………………… 111
不要说死亡 …………………………………… 135
他最终开口了 ………………………………… 155
阿纳姆的叛徒 ………………………………… 167
穿着蓝色衬衫的少女 ………………………… 221
前瞻 …………………………………………… 243

源起

我一生中的主要工作就是抓间谍。在上一场战争中，我个人负责执行了几名间谍的死刑，还使很多间谍被判长期监禁。我反复陈述这些事实并不是出于虚荣，或者自我炫耀，而是想说明，我有写一本关于间谍作品的资格。也许下面的文章在文学价值上欠缺一些，但起码内容是真实的。

在从反间谍工作岗位退休之后，我做了一些讲座，许多人，无论是年轻人还是老人，无论是男士还是女士，都会问我一个问题——怎样才能成为一名专业的CIA[1]特工人员。他们中的大多数人深深地受到电影、小说等的影响，被其中所描绘的看似很真实的激动人心的间谍职业所吸引。他们的脑海里想到的是，那些神秘又富有魅力的间谍们，或乔装打扮后出现在豪华的酒店中，或搭乘疯狂行驶的汽车进行惊险刺激的追踪；最后，他们或在维也纳的下水道，或在富有异域风情的外国首都，在辛苦的追赶之后，终于得到"他们要的人"。事实上有时候，一个真正的反间谍工作人员的生活的确令人兴奋，他们偶尔也会遇到一些危险，但很少有丧失生命的危险；就像在战场上的士兵一样，反间谍人员也要经历一段漫长而乏味的等

---

[1] CIA，指美国中央情报局。

待，其间不时地会有危险闪现。关于间谍的电影或者小说是用来娱乐大众的，他们要把观众、读者的注意力引导在有突出情节的亮点上，所以他们常常忽略那些冗长到令人疲惫的例行调查、单调乏味的审讯，以及缓慢地拼凑线索的过程。

一个有能力的反间谍人员，至少要拥有以下的十种能力——其中七项和天赋的关系更大些，其他三项更依靠后天努力获得；然而大多数的反间谍人员不能全部拥有这十项能力。在下面的段落里，我列举了这些必备的能力，大致按照我认为的重要性顺序来排序。

第一项能力是拥有惊人的记忆力。这毫无疑问是一项非常关键的能力。一个反间谍人员不仅能够回忆起很多年前发生的事件及其地点，事件中人们的面孔，而且还可以开展持续很多天的不做任何笔记的调查——这一点很重要。在本书中我还详细地介绍了审讯的细节，我认为，审讯的关键是要取得嫌疑人的信任，如果可能的话，要诱使他建立起基于错误信息的自信感。但如果调查者不断地停下来做笔记，嫌疑人就会一直保持警惕，调查者便会失去一个将这个正式场合变成看起来是一个非正式聊天的机会；而且如果调查人员不停地记笔记，嫌疑人就获得了两个问题之间的间隔时间，因而有机会重新组织自己的想法，考虑下面问题的合适答案。放弃做笔记，调查人员就可以轻松地坐在那里，让嫌疑人产生一种这只是例行公事的错觉，导致他过分自信，以至最终自我暴露。

我自己就有着惊人的记忆力——可以说我是幸运的，也可以说我很不幸。比如，我可以清楚地记起我在我第三个生日上得到了什么样的礼物,那是谁送给我的,他们什么时候到达我家的。我最早的记忆可以追溯到我六个月大的时候,我能清晰地回忆起我的小床,以及它的荷叶边;我还记得我的父亲当时安装了荷兰的第一台电话机,他还把当地重要的电话号码记在了一张纸上,挂在了电话旁边。这是发生在五十年之前的事,但我至今可以清楚地回忆起上面的每一个电话号码。我讲这些不是为了炫耀,对于我来说,这特别的记忆力既不是优点也不是缺点。不过,要是没有这样的记忆力,我永远也不可能从事反间谍工作。

接着是两项并列的能力——要有耐心,要注重细节。对此,在本书中我也给出了一个很好的例子,那是关于自称非常爱国的敦克尔先生的奇怪案例。在这儿,我没必要反复地强调反间谍人员拥有耐心和注重细节的重要性。因为当一个间谍被审讯时,他为争取他的生命必须倾尽全力去磨炼自己的耐心——他的性命系于这一点。审讯者要想获得成功,就得拥有更持久的耐心。另外,一个聪明的间谍,显然早就把准备好的故事提纲刻在了脑海里,所以只有审讯无能的间谍才不需要花太长时间。审讯一个聪明的间谍,可以引导他讲述故事的重要细节,这些细节大多数是依据事实编造的,或者至少是极其接近事实。一个聪明的间谍只有在很微小的细节上才会犯错。所以,注重细节、持久的耐心是审讯者的重要"武器"。

我看重的第三项能力是语言天赋。一个反间谍人员无论他本国语言用得多么精当,如果在审讯嫌疑人的时候,他只能依靠翻译进行,那么显然他会受到很多局限。譬如,他不能判断一位自称是瑞典商人的被拘留者是否是一位说一口流利瑞典语的德国人或挪威人。当搜查嫌疑人的物件时，如果看不懂他的信件、日记和官方文件，那么即便是世界上最好的侦探也会一无所获。我很幸运，我可以毫不自夸地说，我拥有学习语言的天赋。我熟练地掌握荷兰语、佛拉艺语、英语、法语、德语、意大利语，同时也可以自如运用西班牙语、葡萄牙语、丹麦语、瑞典语、挪威语、罗马尼亚语、斯瓦希里语。

　　反间谍人员必备的第四项能力是精通实用的心理学知识。只有这样，他才可以大概率地评估出他所审讯犯人的性格特点，并很快地决定下面的问题该遵循什么样的思路。对于一些嫌疑人，威胁和恐吓只能适得其反，然而稍微对他们表示出一点点同情，说几句友好的话语，就可以突破他们的防线。每个嫌疑人的表现都有不同之处。有些间谍很爱慕虚荣，适当的夸赞可以让他们的话变得多起来，诸如此类的例子很多。如果一个审判者不能在审讯开始阶段就总结出对手的性格，那他就会像蒙着眼睛进入场地的拳击运动员。

　　第五项必不可少的能力是勇气。这个要求看起来有些奇怪，一些读者可能觉得审判者不需要勇气。当然了，你可以说，嫌疑人为他的生命而战时需要勇气。这是事实。无论一个间谍的行为多么愚蠢，但我相信，没有任何一个间谍缺乏勇气；因为他独自一人来到国外执行任务，行动时没有同事的支持，成功后也不会广为人知。从我们以上几页的叙述可以看出，反间谍人员必须是间谍人员的完全"对应者"，他必须拥有后者所具备的所有能力，必须有着能击败对手的机智头脑。

任何参加过重要审判的人们，看到证人被反讯时，都会发现他们有一种我暂且叫它"道德优越感"的东西。这样的东西还体现在检察官和辩护者身上。所以说反间谍人员必须在嫌疑人面前展现出他的勇气，不用去虐待嫌疑人，但是要让嫌疑人明白，他执行的任务的正义性。如果审讯者在审理的漫长过程中，可以赢得这场无声的意志战役的胜利，那他就离成功不远了。正因如此，反间谍人员需要有"道德优越感"的勇气。

反间谍人员必备的第六项能力，就是对各国的首都和重要城镇都非常熟悉。我的意思是，他不仅仅要知道主要的街道和重要的建筑，而且要熟知小巷、饭馆、酒店等有当地特色的地方，以及从一处到另一处的大致距离。所有这些必须都储存在他的记忆里，并且可以随时调出来。（当然，在这里我们又回到了我提到的第一项能力——记忆力）我可以举一个审讯的例子来说明我的观点。

1942年3月，汉斯被带到我办公室接受审讯（由于他并不是作为间谍被带到我办公室的，所以我不能说出他的真实姓名）。当他坐下来的时候，我靠在椅子上，仔细地打量着他。他个头很高，又高又瘦，而且很结实，一看就是那种自控能力很强的人。他留着一头淡黄色短发，蓝眼睛，高高的颧骨，双颊凹陷，即使不看他因决斗而留在右脸颊上的伤疤，也能一眼看出他是一名德国人，因为他有着明显的德国人的特征。然而，德国人也有好的有坏的，问题是，汉斯属于哪种人呢？

他的故事很简单明了。他没说几句话，我就意识到这个人不仅受过良好的教育、非常聪明，而且态度明确。他坦承他是一个德国人，但同时又声称他于1936年逃到了丹麦——由于他公开反对纳粹，危及了他的生命和财产安全。在哥本哈根，他成为一名律师，生活过得安逸、舒适。在1940年，纳粹德国占领丹麦的时候，他意识到他所面临的危险要比之前更大了。他铤而走险，再闯虎穴，返回了德国，又穿越德国，进入瑞士，再从瑞士到法国南部，最后到达西班牙的巴塞罗那。我很清楚，他说的这条路线是一条逃亡者的首选之路。

我仔细地就故事的前半部分询问他。很明显，他的确在哥本哈根住了好多年，他很熟悉这座城市；而且他几乎总是下意识地运用律师才使用的法律术语；同时，他关于出逃的表述也很有真实感，因为他能够告诉我只有在那条逃跑路线上真实旅行过才可以经历的细节。到目前为止，毫无破绽。

我坐了下来，点了一支烟。"告诉我，"我用德语问他，"你到达巴塞罗那的时候是几点？"

"晚上，很晚了，大概十点钟。"

"你在哪儿过夜呢？"

"在大陆酒店。"

"啊，在大陆酒店。你记得餐厅在酒店的第几层吗？"我问。

他稍稍停顿，然后绽放出迷人的笑容："恐怕我不知道。当我抵达酒店的时候，已经很晚了——大概十点钟，他们说饭店已经关门了，于是我在我的房间吃了一顿便饭。"

"原来是这样。"这是一个聪明的答案，聪明地躲过了我问的问题，"第二天早上你做什么了？"

"我在我的房间里吃了饭,之后就离开了酒店。我去了英国的护照办理处。"

"你怎么去的——打的,还是步行?"

"我步行去的。"他说。

"这不是很奇怪吗,在这座陌生城市,你居然步行去一个你从来没有去过的地方?"

"我害怕打的。西班牙倾向于轴心国,到处都有盖世太保安排的密探。我有着典型的德国人长相,不是吗?"他似乎是无奈地咧嘴一笑,用指尖触摸了一下那决斗时留下的伤疤。

我点了点头,这是一个合理的借口。"你怎么找到路的?"

"我问了执勤的警察。"

"从大陆酒店到英国护照办理处你花了多长时间?"

"大概二十分钟。"他回答道。

我停顿了一下,取出一支烟,在案卷上轻轻地点了点,然后把它点燃,深深地吸了一口。"我的朋友,"我说,"你在说谎,你是一个聪明的说谎者,但无疑,你在撒谎,很可能你是一个间谍。"

他面红耳赤,从座位上跳了起来。"你怎么能这样指控我!"他大喊道。

"不要激动,"我说,"坐下来,表演结束了,没必要再厚颜无耻地装下去。"

我向前探了探身子,说道:"凭两点我可以指控你。与欧洲其他酒店不同的是,大陆酒店的餐厅不在底层,而在第二层。你怀疑这问题是一个陷阱,聪明地想绕过,说餐厅在你当晚十点抵达的时候就关门了——在柏林、伦敦或者哥本哈根这是讲得通的;但是,我的朋友,你没有意识到在西班牙,在地中海沿岸的各个国家,夜生活要比在北欧国家开始得晚。你应该听过'siesta'——午休这一词吧?很多地处热带地区国家的人们都有午睡的习惯,一天二十四小时中最凉快的时间要属晚上,所以人们总是在晚上尽情享乐。西班牙的电影院和剧院大约十一点才开门。你明白了吗?所以,大陆酒店的餐厅在十点的时候是不会关门的,相反,此时应该是它最繁忙的时候,挤满了客人。我的结论很简单,你从来没有去过大陆酒店。"

他正要脱口而出什么的时候,我紧接着说道:"没必要打断我的话。即使这点不能定你的罪,下边这个一定可以。"

我从桌子上拿起一张纸和一支铅笔:"请看,既然你对巴塞罗那不太了解——我可以这么认为吧?那么,我给你画一个小图。这是大陆酒店,在加泰罗尼亚大道上。再往前走是一个大型的广场,加泰罗尼亚广场。看,我把它画在了纸上。穿过广场是格拉西亚大道,而英国护照办理处就在格拉西亚大道上。从大陆酒店到护照办理处,不足五分钟的步行路程——'你不会错过'——用句英国人的口头禅。你说你用了二十分钟,像你这样个子又高、精力又充沛的人绝不可能走得那么慢。"

我按了铃,命警卫把他带走。"事实上,"我对他补充道,"如果你真的在大陆酒店待过,你可以从卧室的窗户看到英国的护照办理处。当然,你确实去了护照办理处,那边的官员证实了这一点;但我想知道的是,你是怎么到达那里的,是坐在德国情报机构的轿车后座上去的吗?"

怀疑一个人很容易,难的是找到他们所犯罪行的证据。汉斯也因此没有被判刑,尽管我坚信他是一个间谍,而且是一名危险的间谍。在战争期间,他一直被关押着,至少这使得他不能再积极地从事他所选择的职业。讲这个故事是为了说明,即便是比我更聪明的人,花了更长的时间来讯问汉斯,如果他对外国城市不熟知,他就不能从汉斯看似有力、可信的叙述中发现这两处微小的错误。

反间谍人员必须拥有的第七项能力是对国际法有透彻了解。任何一名嫌疑人,无论他是哪国人,都有着国际法赋予的一定的权利和特权。比如,对他的拘留不能超过一定的时间;当他被关押时,关押方必须遵守一定的规则。国际法严防对囚犯和犯罪嫌疑人的虐待。一个聪明的间谍会将《海牙公约》的每一个细节谙熟于心,他也许能够通过虚张声势挫败他的审讯者,他可能会声称他所主张的国际法会给予保护,而事实上那根本不在国际法保护之列。审讯者必须在这些方面比犯罪嫌疑人更胜一筹。

另外,一个反间谍人员还必须具备演员的素质。他能够适时生发出愤怒情绪,或者表现出不耐烦,或者同情心泛滥,但其实他却不会失去对自己情绪的严格控制。之前我提到,对付嫌疑人必须拥有实用心理学知识,这可算是与它相对应的一个能力。一个审讯者必须扮演好自己的角色,对嫌疑人的个性进行评估,然后再决定对他采用哪种审讯方法最为适合。如果审讯者的眼光温和，声音透露出同情色调，那么，采用恐吓的词句是没有用处的。相反，一个审讯者如果采用同情的战术，却忘了收起他犀利的眼神和声音中的棱角，那么，他也会很快暴露出弱点——一个训练有素的间谍也会很快总结出他对手的特点，迅速地辨别出他声音中不和谐的音符，以及他笑容背后的真实意图。因此，一个反间谍人员必须能够掩饰他真实的情感，同时也要做些假象。嫌疑人可能会在不经意间犯一个微小的错误，审讯者必须追根问底，但要以一种随意的、显然没有明显兴趣的方式来问。如果他眼里闪过一道光，或者他的言语举止中表现出来一点点紧张，暴露了他内心的波澜，嫌疑人一定会对下面的问题提高警惕。有时候，审讯会变成一件非常无聊的事情——从早到晚，倔强的嫌疑人一遍遍地重复同一个故事，审讯者往往会不由自主地感到无聊，对案子失去耐心。所以说审讯者必须坚定地压抑这些情绪，永远不能让一个动作，或者一个面部表情，暴露自己内心的真实想法。

　　第九项是侦查能力。在很多情况下，这是指一种高度发展的逻辑意识，一种可以感知前因后果的能力——用于分析嫌疑人所建立的一系列证据链中的每一个环节。每个成功的间谍都会讲一个貌似真实的故事，审讯者可以深入挖掘，通过追查找到可以指控嫌疑人的隐藏证据从而打败他。从理论上讲，一个间谍总是能够解释他在他被调查的时间段内每一分钟干了什么；而一个诚实的人，在强大的压力下或不能讲出一个看起来很真实的故事——他可能由于紧张或者遗忘而落掉部分细节或重要时间。根据警方的统计，很少有人能够清晰、连贯地从头到尾回忆出一个事件,除非他受过相关训练。人们可能会遗漏重要的事实,说话语无伦次,或者反反复复。两个街头事故的目击者,可能会讲出两个完全不同的车祸过程。如果读者了解这一点后,便可以想象到,一个真正流亡者讲述的故事会多么让人困惑——他经历了一路的紧张和困苦,到达安全之地后,他一直绷紧的神经瞬间得到了松弛,思维难免会混乱,因为他很可能曾整晚跋涉在一个陌生的国家,所以他讲的故事会有可以理解的偏差——如果他真的旅行了好几天、几周,甚至好几个月,关于他哪一天、什么时候跨过了边境,抵达哪个城市,他可能真的会忘记。一个反间谍人员能够辨伪存真,他允许真正的遗忘,包容那些因为紧张而显得夸张的陈述。

到目前为止,我已就如何对嫌疑人进行讯问进行了一些阐释。在下面的章节,我将更加详细地讲述审讯细节,比如如何对嫌疑人携带的物品进行搜查等。我需要在这里补充一下,流亡者的所有物件,包括他穿的衣服和携带的行李,都对决定颁发或者拒绝授予他难民身份至关重要。只有受过训练的审讯者才知道他要找出什么样的线索,才可以从流亡者中识别出嫌疑人——从信件、书籍、衣物,甚至是搜身中找出真正的证据。只有那些特别优秀的间谍才会完全依靠大脑记忆发送信息的代码以及国外用来传送信息的地址,大多数间谍都会把这些记录下来并进行巧妙伪装。一个审讯者不仅要知道犯罪证据可能隐藏的地方,而且要推测出他要找的证据大概是什么。我已经在前面提到了敦克尔先生的案例,这个案例的侦破不仅仅说明反间谍人员需要有巨大的耐心,而且也说明,在找什么样的证据方面反间谍人员要做到心里有数。

最后一项能力是，一个反间谍人员必须拥有反审讯、反检查的实战经验。有一些写秘密信件或者掩盖证据的方法是众所周知的。在两次世界大战中，德国情报机构的一大缺点是，他们墨守成规，缺乏主动性。一旦一个特别的秘密方法或者密码被识破之后，他们本应该立刻换一种新的方法来代替；然而德国人依然坚持使用这种方法，这种做法增加了他们间谍的危险系数。我可以给出两个例子，一个是二战时候的例子，一个是一战时的例子。

一战时，战争在欧洲大陆全面爆发。对间谍而言，主要的难题并不是获取情报，而是传递情报。在第二次世界大战期间，伴随着无线电报和微型摄影的发展和完善，主要难题掉了个个儿。例如，在埃塞克斯沼泽这样一个偏僻地方，可以很容易地安装起一个大功率短波发射机，在反间谍机构对其监听并确定其准确位置之前，间谍们可以在轻松地把信息传送出去后再将发射机拆解并运送到数英里之外。更巧妙、更隐蔽的发明是微型摄像机。我曾经见过一个德国间谍使用的微型摄像机，它只有一支钢笔长，比普通的钢笔大约厚三倍，可以别在内衣里，或者大衣的口袋里。它可以用来拍摄文件，底片只有针头大小。间谍只需把底片粘在邮票背后，再将这邮件邮寄到指定地址即可大功告成。当然，信件的内容是没有任何问题的。在战争期间，超负荷的审查部门根本没有时间检查寄往比如里斯本的商业信件上的每一枚邮票，底片就这样被忽略掉。不幸的是，德国间谍不停地给已纳入审查部门监控名单的外国地址寄信。于是审查部门加大了对这些信件的检查，没多久，这个巧妙非常的方法就被识破了。

我的第二个例子来自第一次世界大战。这个事件发生在1916年的法国前线附近的索姆。有一个村庄，它一半位于无人区，一半在法国防线的后面。战争间隙，那些坚忍顽强的村民们试图恢复他们被严重破坏的公共生活。一个住在德军占领村庄的农妇，每天都要穿过无人区去看望她住在这个村庄的哥哥。到达法国防线时，她总会被反间谍人员例行公事般的搜查和讯问。和其他的村民一样，她看起来相当无害。一天，她看望完哥哥，手里提着一个盛有午饭的小竹篮，来到边检站。篮子里面是家常饭，有煮鸡蛋、面包和黄油。反间谍人员对她很熟悉了，和她友好地打着招呼，一边随意地问她问题，一边漫不经心地翻她竹篮里的东西。反间谍人员拿起了一个煮鸡蛋，往空中一抛，然后用手接住。

不经意间，他发现，农妇那发红的脸庞上露出惊慌之色。他继续把鸡蛋向上抛，再用手接住，扔得越高，农妇越惊慌。他开始仔细检查鸡蛋，却并没有在蛋壳上发现什么记号，蛋壳光滑而洁白。然而农妇的慌张肯定得有一个合理原因，这个鸡蛋一定有猫腻。突然，他在农妇的篮子边上把蛋壳磕开了，他开始剥鸡蛋皮——蛋白上有微小的棕色文字和记号。经过放大和破译，这被证实是一幅法国防区平面图，上面标绘着各个师、各个旅的位置。最后，农妇当然被作为间谍处决了。

德国人发现一个巧妙的方法：用醋酸在鸡蛋壳上写字，当醋酸干后再用水煮鸡蛋，这时蛋壳上的字就会转移到蛋白上面，无论是用肉眼还是用强大的显微镜来观察，鸡蛋表面都没有任何痕迹。反间谍人员发现这个秘密真是一个巧合，或者公平地说，一个巧合加上实用心理学知识——妇女的慌张必定事出有因。然而当这个方法被识破后，按常理，德国人应该立即停用它，无论这个方法是多么巧妙独特；然而德国人依然喜欢按惯例办事，他们缺乏主动性，他们仍然使用此伎俩。在第二次世界大战期间，我个人就知道有三起类似的案件被识破，相信我不知道的会是更多。由于上司不懂及时应变，导致很多德国特工无谓送了命。

以上十条就是反间谍人员需要拥有的能力。感兴趣的读者可以此来审视自己符不符合做反间谍人员的条件，因为光凭热情是干不好这项工作的。每种能力满分十分。任何一个发现自己可以在一百分中得到七十五分的人，应该毫不犹豫地联系反间谍机构。这样的人是可以对他的国家做出很大贡献的。不过，我怀疑，人群中符合条件的人能否超过十万分之一。对于符合条件的人，我可以送他一句话：要成为一名合格的反间谍人员需要经过至少五年的训练。

我还想谈谈二战之后反间谍工作的情况。我想强调，如果在战争爆发之后才开始着手建立或者扩展有效的反间谍机构就太晚了。因为选择合适的人，对他们进行训练，需要花好几年时间。

现在，我要谈及最有争议的话题——女性在反间谍工作中的任务。一些读者可能意识到，我总是从男性的角度来谈论反间谍工作。我根据将近三十年的工作经历判断，女性并不适合

做间谍或者从事反间谍工作。当然，我并没有贬低女性的意思。我喜欢女性——当她们在合适的地方时。到目前为止，除了一战时期的玛丽·伊尼德·海恩斯，还没有哪一位女性间谍或者女性反间谍人员，可以在相同领域与男性竞争。玛蒂·哈里有很大的名气，她被认为是光彩照人的女间谍，但实际上她很愚蠢，也很冲动。如果不是她如殉道者般被处决，人们是不会记住她的。下面让我用事实来证明我的话。

在第二次世界大战中，我一度帮忙训练秘密特工，他们将被空降到被占领的欧洲。一些从荷兰逃脱的女性来见我，主动申请前往执行这次危险任务。她们看起来非常真诚，我知道她们深爱着祖国。我问每一个人："你打算冒什么样的风险呢？"

每个人的回答区别不大，简单一句话："我愿意把我的生命献给国家。"

我不假思索地回应："你们说的是我们最不想要的结局。如果你们死了，对国家来说将毫无益处。但是，你们做好好好活下去并献出你们身体的准备了吗？"

我这么问是出于责任感，虽然我并不想这么问，但这个问题是个关键点。因为作为一个间谍，大多数女性会有三处天生的缺陷。

第一，她们缺乏技术方面的知识和训练。比如，要找出敌人研发的一个新发动机的详尽资料时，一位车库机械师往往更具优势。因为对于这项工作，他已经有了很深的背景知识，然而大多数女性还得从头学起。首先得了解每一个部件，其次是学习发动机引擎的原理。在涉及军事机密的问题上，很少有女性可以像男性一样了解组成现代军队的各种编制、军衔，以及构成一支现代军队的各个单位如旅、师等。当然，这样的知识可以通过学习获得，但那会占用很多学习更重要东西的宝贵时间。

第二，女性在不寻常的环境中要比男性更惹人注目。一个男性穿成劳工的样子独自一人在偏僻的机械场站好几个小时都不会引人注意；然而一个女性，尤其是她若很年轻貌美，那便会立刻吸引很多关注——就像我们美国朋友说的，会引起"挑逗的口哨"。除此之外，一位男性可以进入码头酒吧，只要他穿得合适，他的行为就会被认为理所当然。但如果换作一名女性，就不合适了。女性的外貌限制了女性的行动，因而也削弱了她作为间谍的价值。

第三，这是最主要的因素，大多数的女性对她们情绪的控制都没有男性那么好。虽然这样写我可能会冒被女性读者谩骂的风险，但我还是要提出这一点，因为据我的经验，这是事实。我知道几例女性间谍案，有德国人、英国人、法国人，她们的任务是赢得对手高级军官的好感。她们很容易就得手了，然而最后还是功亏一篑，因为她们真的爱上了她们的目标人物。之后，她们的行动完全在逻辑之内，她们投靠了对手，背叛了本国的情报机构，出卖了本国的机密。我知道一些男性间谍也会变节，但从不会是因为这个。间谍容不下心慈手软。

在我看来，女性间谍唯一有限的用途是，为了她自己的国家引诱敌对方的高级官员从而获取其国家秘密，然后威胁他，用向安全部门告发他，或者更糟糕——向他妻子告发，以此来敲诈他，从而获得进一步的信息。这就是我总要问那些主动申请做情报人员的荷兰女性愿不愿意把自己的身体献给国家的原因。这是所有体面女性不乐意做的事。当一个女性准备好和一个陌生人睡觉，一个令人厌恶的陌生人，只为从他那里套出情报，她需要有妓女一样的灵魂。但众所周知，妓女是不可靠的。因而在我看来，女性很难成为有潜力的间谍，她们也不会成为一个很好的反间谍人员。许多每天很晚回家，对妻子事无巨细的追问感到无法逃避的丈夫们，可能会强烈地反对我的观点；然而，在我三十年的工作经历中，遇到过许多在欧洲和美国情报机构、反情报机构工作的优秀人物，但没有一位是女性，除了玛丽·伊尼德·海恩斯之外——她在情报机构和反情报机构的工作都很出色。

审讯的方法

从嫌疑人那里获取信息的办法有很多。我个人不断地尝试、不断地总结错误，得到了一些审讯的经验。在谈我个人总结的审讯办法之前，我想先简单地介绍一下包括英国在内的一些国家常用的几种审讯办法。

在纳粹德国，肉体酷刑被广泛地使用，因审讯者的"聪明才智"和性格差异，酷刑各不相同：简单的鞭打，拇指夹，在没有麻醉的情况下拔掉手指甲和脚指甲，打断腿，缓慢收紧围在头部的金属带，等等。有时候牙医的牙钻也被用作刑具，当牙钻开始钻磨牙齿底部的敏感神经时，它就成了一种非常有效的刑具。俄国人使用的审讯方法很难准确统计，因为很少有政治犯可以活着出来告诉我们他所经历的审讯方法，而能够从铁幕的缝隙中出逃的政治犯更少。但我们可以大致推测俄国人在很大程度上靠饥饿和药物来削弱囚犯的抵抗力，同时，他们会对囚犯进行漫长又密集的审讯，有时甚至是长达三十六个小时的审讯，中间不休息。在囚犯被押回牢房后，已是精疲力竭，立即沉沉入睡，然而一个小时之后，他又被叫醒继续审讯。持续地缺乏睡眠可以让最强壮、最倔强的人丧失抵抗能力。美国的审讯方法也多种多样，有"盘问"和"严刑逼供"等。嫌疑人会被带到强光之下，由审讯者轮流盘问很多个小时。同时，他们也用看起来很可靠的"科学辅助方法"。比如"吐真剂"和"测谎仪"。我在这里之所以说"看起来很可靠",是因为我并不觉得这些"科学辅助方法"百分之百地不会失误。吐真剂,它的学名是喷妥撒,据说,吞服它后嫌疑人会处于催眠状态,他的潜意识可令他说出事情的真相——吐真剂的样品说明书是这么讲的。经过实验我发现,多年的训练可以使人在麻醉状态下控制住自己的潜意识,控制住语言。测谎仪是一个"匠心独具"的发明,其理论根据是,人在压力之下,其新陈代谢的速度会发生改变——这已经被科学证实了。这个方法可以进一步地被运用到辨别嫌疑人所讲的是事实还是谎言上。我当然承认这个发明有数据支持,但我相信,它也并不是百分之百奏效。在实践中,我发现有一些态度坚决、沉着冷静的人可以战胜测谎仪。虽然这样的人很少,但还是存在的。要使证据得到法院的认可,那这个证据必须完全可靠且没有例外。

纳粹德国、俄国和美国采用的审讯方式,在很大程度上依赖对嫌疑人肉体施以酷刑。毫无疑问,肉体上的刑法最终可以摧垮任何人,无论这个人身体有多么强壮,意志有多么坚定。我认识一个有着令人难以置信的勇气的人,他落入盖世太保手中,手指甲和脚指甲被拔了下来,一条腿被打折了,但他却没有吐露出一句有用的信息。可他自己也承认,这已经到了他的极限。若不是折磨他的人先于他感到气馁,放弃了对他的折磨,若是他们继续对他用刑,那么即使是和之前所承受的剧烈痛苦相比只是稍微的不舒服,他都有可能会垮掉,并坦白一切。

没有人可以长时间地忍受水刑。这是一种简单而古老的方法，让水龙头每隔几秒就在囚犯头上滴一滴水。我确信这个方法可以在几分钟之内摧垮一个意志坚强的人，若持续一个小时则能让任何人开始胡言乱语。

酷刑除了遭人厌恶外，感谢上帝，它还有着致命的弊病。在英国的司法体系中，通过酷刑获得的证据是不被认可的。在酷刑之下，一个清白无辜的人都可能会承认自己从来没有犯过的错误，而这么做仅仅是为了获得喘息的机会。如果他受到了严刑拷打，他甚至会编造一些可以让他被判处死刑的罪行——他希望通过快死来减轻自己的痛苦。肉体上的折磨最终可以让每个人都讲话，但是却不能保证他们讲的是真话。

众所周知，在战争期间，执行任务的特工们总是会随身携带三种药。第一种是迷倒药，它可以让一个人在二十四小时之内失去知觉；另一种是安非他命片，它可以让一个疲惫的人立刻精神抖擞；第三种药是用于自杀的，它包含有氰化物或其他同样可以快速致命的药。这三种药中的每一种都有自己的用途，尤其是最后一种，如果一个间谍预感到自己快要被捕，可他又知道自己经受不住酷刑，他可以勇敢地喝下这一小片药自杀，以便不使信息泄露。

前面所说的这些就是我知道的刑讯逼供的方法。这些方法总是很有效，却也笨拙且为文明人所不齿。一个审讯者如果依靠肉体酷刑获取信息，这便是在坦承自己有弱点——一开始就准备承认嫌疑人要比自己内心强大，因而不肯给嫌疑人智胜他的机会。

我之前在法国第二办公室接受过早期训练。法国第二办公室是法国的前情报机构，相当于英国的军情五处。他们审讯的方法很巧妙也很有效：为每个嫌疑人指派两名审讯者，其中一位是欺凌型，他经常会大喊大叫，威胁恐吓，用拳头砸桌子；另一位是安静且富有同情心型，他显然处处为囚犯考虑，尽可能地约束他容易冲动的同事。当那位欺凌型审讯者破口大骂，开始说出一些可怕的话，威胁被审讯人的时候，审讯达到了高潮，但这时，他会突然被其他工作人员叫了出去，而那个富有同情心的审讯者将用柔和、友好的方式继续审讯——也许会给嫌疑人递一支烟，平息他的恐惧。这样，氛围的骤变往往可以产生极好的效果，或许是出于精神上的缓解、放松，很多嫌疑人会不由自主地完全坦白。

伦敦警察厅通常会采取同情战术进行审讯。他们的审讯人员习惯创造"我们都是朋友"的气氛，言外之意：我们都是人，而作为一个人，就一定会犯错。他们的审讯人员很礼貌、友好，又善解人意，这对于获取自主供词非常有效。作为一个在英国待了很多年的荷兰人，也许我可以不必像普通英国人那样自嘲或过谦，说些采用这种方法对待嫌疑人源于一种本质上的宽容精神，以及希望给被捕的人一个出路的话。和许多司法制度不同，英国的司法程序中，被告拥有一个极大的优势，即举证责任在于控方——从逮捕到出庭的所有环节。英国的司法程序并不青睐通过威胁和恐吓获得的证据。嫌疑人在受审前，他的正当权利也不能被剥夺。谈到这里，很多读者可以回忆起战争期间南海岸一个关于陆军准将的案例。一名纳粹飞行员对一个小镇的街头进行机枪扫射后被击落,他被带到了准将面前,他表现得既傲慢又无礼。后者立刻被他的态度激怒了,当他想到这个飞行员刚才向无辜的妇女和小孩开枪扫射时,便用自己的手杖打了他。后来这个准将被军事法庭审判并解除职务。这似乎是一个很重的惩罚,但认真想一下,就可以看出英国人讲的是原则。

1941年,我接手了一个更有意思的案子。当时我在审讯一名嫌疑人,他最后被定罪为间谍。在审讯的过程中,我称他为撒谎者——毫无疑问,他就是一名撒谎者。有人无意中听到了我的话,于是我被传唤到一个资深内政部官员那里,他把我好好地教训了一顿,说我对待嫌疑人的态度很恶劣。审讯是在内政部的官邸进行的,内政部似乎有一条不成文的法则:不能称呼任何嫌疑人为撒谎者。审讯者应该组织好语言,比如可以这样对嫌疑人说"我觉得你对我问题的回答有某些不实之处",或者类似的话,但就是不能侮辱或伤害这看似可怜的人,直接说他是一个彻头彻尾的撒谎者!当时,我既觉得好笑,又感到有些恼火,因为我审讯的嫌疑人是一个特别令人反感的人,也是一个头等的无耻的撒谎者。不过,回看这件事时,我觉得内政部官员的法则尽管在实践运用中可能会让人觉得有点夸张,但毫无疑问,它是正确的。

在荷兰解放之后,我的部分职责是为反情报部门培养年轻人。在本文最后,我将列出我一系列讲座中的重点部分,也就是审讯方法及其运用。在此无须多讲,因为后面我会有详细的介绍。然而有一点我想在这里强调一下。我动用多种方式去审讯的目的其实很单一,就是要通过提问尽早激起嫌疑人的情绪危机。这样做的原因很简单。审讯就是双方智力和情绪的较量,哪一方都想尽早占据主动权,以便保持主动。审讯者一开始便占据天然的优势,除了怕一无所获外,他什么都不用怕;即使是一无所获,对他来说都不是致命的。他可以随时随地再次开展审讯工作,并决定什么时候终止,什么时候继续。然而,如果他不能很好地利用这些优势,让对手一开始就惊慌失措的话,他就会失去这看似不可逆的优势。如果他能让嫌疑人感到生气或者恐惧,那他就向成功迈出了一大步。努力研究嫌疑人的情绪,在某种程度上是必要的。成为一名实用的心理学家,就像我在前文中提到的那样,要准确地、毫不推延地评估嫌疑人的心理特点。

尽管一些反间谍人员不会对嫌疑人采用直接的肉体刑罚,但他们仍会动用一些非常规办法。他们会让嫌疑人坐在一张硬板凳上,或者让他们长时间站着接受讯问。军队的审讯者对那些敌方高级将领常用的审讯手段是,在审讯前让他喝大量的茶或者咖啡,然后他们延长审讯的时间,直到嫌疑人由于内急,不得不给出重要的信息。我个人不太喜欢这样的方法。不过当然,这些方法不构成肉体上的刑罚,但是它们已经到了临界点,稍有偏差便会越线。

也许很多人难以理解,但我总是试图和犯罪嫌疑人开诚布公。如果他愿意的话,他可以坐在一张舒服的椅子上,也可以随心所欲地靠在椅子上,讯问的时间不能太长,不能超过嫌疑人的承受力。从早上九点开始,一直到晚上六点,中间有一个小时的午饭及休息时间。最重要的是，我尽力独自一人完成审讯，我不期待让另一个审讯者代替我，而我去进行片刻的休息。就像我之前提到的，我也从不在审讯时做笔记。我希望打破那种官方的正式的气氛，创造出与嫌疑人友好熟悉的氛围——除非我觉得官方的威慑力对他更管用。我心里一直想着如何占据主动性，如何抓住机会给嫌疑人造成情绪危机。如果所有的办法都不奏效，但我依然强烈怀疑这个嫌疑人是一个间谍时，尽管他的故事看起来无懈可击，我也会让他从头至尾一遍一遍地重复他的故事，不允许他遗漏其中的任何一个细节。这样的重复会持续一个礼拜，而且只在工作时间进行，这对他和我的耐心及记忆力来说都是极大的考验。迟早，如果他说的不是真的，他会被一些细节绊倒，最后，事实的大门就会慢慢打开。如果做一个形象的比喻，那就是，一旦踏进那扇大门，你就在成功的路上。

我现在要简单地描述一下二战期间审讯的背景，因为相比一战，那时条件要艰难得多。1914年8月，一战爆发时，可以说由于运气好，再加上判断准确，在战争爆发之后的二十四小时内，在英国境内从事间谍活动的德国间谍都被逮捕了。在战争开始之后，第一个来到英国的德国间谍卡尔·洛迪，并不知道他早就进入了英国人的视线，所以抓捕他的行动很成功。这个故事经常被人们提及，所以我只讲个梗概，没必要扩展开来讲述。1911年，德国政府代表访问伦敦时，一个高级官员总去古苏格兰大街的一家理发店理发。这个理发店看起来并不像是一个高级普鲁士官员喜欢去的地方，这引起了英国反间谍情报机构的怀疑。他们在旁边一家商店里安排了盯梢，对理发店所有来往的信件都仔细检查。反间谍人员很快就发现，这家理发店原来是德国情报机构用于传递信息的"邮局"。明智的是，英国政府官员选择按兵不动，只是继续安排盯梢。德国一宣战，英国立刻对这家建立了三年的德国情报系统给以致命一击。德国情报系统遭受了重大的损失，一直到战争后期，他们也没能修复这条线。这一切都因为那位德国高级官员选择了一个非贵族标准的理发店来理发。

第二次世界大战爆发的时候，英国的反间谍机构面临着一个与一战时完全不同的、更加复杂的情况。在很多城市，包括伦敦，常有很多外国人居住，这些人可能和敌对国家保有良好的关系。从19世纪30年代开始，成千上万的德国、意大利难民涌入英国，他们中的大多数人强烈地反对希特勒和墨索里尼，他们逃离德国、意大利就是因为这个。但同时，纳粹们和法西斯们也在利用这一点，他们在这些真正的难民中悄悄地安插进间谍。还有一些英国人同情纳粹分子，或者发自内心地认为应该站在希特勒那边以避免战争。

根据18-B国防条例，战争爆发时主要嫌疑人便要被拘禁；然而，无论网撒得多大，都不可能抓住所有的鱼。而且整个战争中最具讽刺意味的悲剧是，人民反抗侵略的烈焰被以国家意志面貌出现的对个人自由的限制浇灭。个人自由成了第一个牺牲品。很多真诚的爱国者反对18-B国防条例，因为根据这个条例，很多无辜的人被逮捕了。比如在一战时，著名的"黑暗侵略者"冯·林特伦对希特勒及其主义强烈憎恶，但在1941年和

1942年的大多数时间他被拘禁在切尔西；当然，后来他被证明是无罪的。在那段时间里，我了解了他。他永远无法理解为什么他想要为之服务的国家——这个国家本可以从他丰富的德国间谍经历中受益——会如此粗暴地对待他。这恐怕是一个老生常谈的有关得与失的辩证关系的故事。如果不去破坏一些特定的原则，便无法进行战争——这也是战争带来的主要灾难之一。

二战爆发后不久，成千上万的在英国已经居住了好多年的德国难民不得不接受"筛选"。对情报部门而言，这真是一项重大任务。敦刻尔克撤退之后，仅仅不到几个月，又有十五万名来自丹麦、荷兰、挪威、法国，甚至捷克斯洛伐克、波兰的难民涌入了英国。他们使得"筛选"问题更加严重，尤其是英国远征军撤退时——人们担心入侵随时可能发生。不久后，难民涌入的问题还没有解决，德军的空袭又开始了。英国不仅需要照顾自己国家那些无家可归的人，还要安置那些难民。

英国安置难民的临时举措是：在伦敦建立了五所接待中心，分别设立在富勒姆、巴勒姆、布希公园、水晶宫以及诺伍德。这些中心都是由伦敦郡议会选定位置的——毫无疑问，每一处的选择都是"恰到好处"——每个中心都由一位济贫院的负责人来运作。在这五个中心中，我更熟悉诺伍德接待中心。这座接待中心的前身是一家医院，它所有的建筑都是两层，没有地窖，也没有防空洞。建筑周围竖立着铁丝网，有士兵把守。

难民往往在每天凌晨到达。从1940年6月起，他们抵达的时间常常巧合地与敌军的空袭时间碰在一起。有时候，一次性到达的难民多达七百人——他们乘着一批公交车抵达诺伍德。由于一路逃亡的困苦以及对家人命运的担忧,这些难民,无论男女,已经到了歇斯底里的崩溃边缘。在黑暗、寒冷、孤独和饥饿中衍生的情绪,再经由"欢迎空袭"的发酵,理性的天平彻底倾斜,他们变成了一群打着手势、不停尖叫的半疯子。

在黑暗之中,让一群彼此完全陌生的人恢复秩序并不是一项容易的工作。然而,总是要设法让他们安静下来。所有的难民都必须进行登记,他们的名字和国籍要标注清楚。在分发给难民一杯热饮和一些食物之后,就该给他们找一个睡觉的地方以及睡觉用的毯子了。然而,好不容易获得的安静有序,很快就会被另一次的德军空袭给完全打破。德国的轰炸机似乎专意要在诺伍德和水晶宫之间开辟一条"炸弹小巷",这样一来,每天夜里这两个接待中心都会一起遭受轰炸。

到了黎明,接待中心的官员,包括我,已是熬了整整一个晚上,刚准备睡觉。然而这时,真正的工作才开始。

难民们的身上和衣服上可能有虱子,安排他们洗过澡后,医务人员仔细地给他们进行身体检查。当然,任何被检查出患有如天花、疥疮等传染病的难民都要被隔离起来。在漫长且艰苦的旅程之后,很多人可能更需要医疗关照。

这时,反间谍工作人员开始工作。约七百名难民的行李需要进行仔细检查并分类。每一张小纸片、每本书的每一页,都需要反复翻阅、检查。衣服要反复搜查,包括衣服衬里和接缝处。当然,箱子和背包也不能落下。这和海关的例行检查不等同,来不得半点马虎。有很多难民真诚地想帮助给他们提供庇护的国家,所以他们可能会带上一些有关德军占领信息的地图、照片和图画,所有这些都必须进行仔细的检查。这项检查任务结束之后,口头的审讯就开始了。

那些从难民中筛选出来的嫌疑人,被另行拘留,以便对他们进行更加细致的审查。

这个过程可能需要一个礼拜的时间,在这期间所有的难民都被单独关押。在被反间谍工作人员正式排除嫌疑之前,他们不得接收信件,也不能和外面的世界有联系。解除嫌疑之后,他们被送往移民局,该局会给他们颁发一系列许可和身份证明,这时他们才算是被正式地允许在英国"着陆"。任何可疑的难民,包括那些不幸没有确凿证据证明他们身份的真实难民,依然被关押,由警卫看守。有一个记载所有抵达难民详细资料的中央登记簿,通过它,也许还可以查到每个难民抵达之前的信息。

直到1941年4月,审查难民的这些临时举措仍在使用。当时,我和一名同事授命去组织一个特别中心,这个中心后来被称为皇家维多利亚爱国学校,设立在克拉珀姆。有了在临时接待中心日夜不停辛苦处理难民事务的经验,我和我的同事终于设定并建立起一套有效的制度。通过这个制度,可以最大限度降低审查为难民带来的麻烦,同时,安全系数没有降低。那时,难民潮高峰已经过去,审查官员的人数又在不断增加,因而我们能够把更多的时间和精力投放到每一个人身上。从1941年4月到1942年10月,我一直在这个特别中心担任反间谍工作领导人。在此期间,审查官员的人数从五人增加到三十二人。这之后,我被调到了荷兰反间谍机构。

依我看来，毫无疑问，在敦刻尔克撤退后的头六个月，总会有间谍通过了我们的审查，或者可能是在这之前就通过了。混乱中，如果没有足够数量的训练有素的审讯人员，是不能确保每个假难民都可以被找出来。涌入的难民太多了，而针对他们的检查时间太短了，因而做不到百分之百的准确。

敦刻尔克之后，我在伦敦审查难民的工作仍没有结束。法国沦陷后，除了葡萄牙的狭长地段外，欧洲海岸被德国人封锁了。当时唯一一个可以进入英国的官方港是葡萄牙的里斯本。来自里斯本的船只定期在利物浦和格拉斯哥停靠；来自同一地点的水上飞机，每周两次到达伯恩茅斯附近的普尔，陆地飞机在布里斯托尔附近的惠特彻奇着陆。我除了要在伦敦处理工作外，还被要求带领一支审查员队伍依次去这四个地方审查所有入境的人，包括英国人。我相信我是唯一一个长期奔波于这项工作的反间谍情报人员——直到后来我和同事组建起位于克拉珀姆的皇家维多利亚爱国学校，所有乘飞机或船只到达英国的人才都被送到那里接受审查。

以上所说是下面我将讲述的真实故事的背景。

1914年的那场战争，初期，所有的德国间谍就已经被确认，并很快被围捕；而且那个时候，没有从欧洲大陆涌入的难民。二战期间，反间谍人员的工作是非常艰巨的，因为他们的工作是在一个非常艰难的情形下展开的。当时的情形就像1940年5月英国远征军对德国装甲部队的突袭毫无准备一样，反间谍情报机构也对冲击他们系统的难民潮毫无准备。正如军队需要重新集结，需要学会如何打败德国人一样，反间谍机构也必须从来之不易的经验中训练自己。只是，每一次犯错都可能是影响深远的错误。最近的五年里，我每天都在盼望可以看到那些从1940年到1945年在英国生活的、从这段生活中获利的德国人出版一本叫作《我在英国做间谍的经历》的书。到目前为止，我还没有看到；即使看到了，我也一点都不会感到诧异。目前还未看到，不知是否是因为潜在的作者依然在执行任务，还没能浮出水面……

附录：审查的注意事项

Ⅰ. 对随身携带物品的审查

我们必须对入境人员的随身物品进行非常彻底的检查，这一点是至关重要的，我们怎么强调都不过分。

在见到难民之前，必须对他随身携带的物品进行仔细检查，并特别注意口袋书、日记本、笔记本以及他本人携带的每一块小纸片等物件。

任何一小块纸，甚至是一张皱皱巴巴的卷烟纸，都应该仔细检查。

任何令人生疑的东西都挑出来放到一边，在第一次审讯将结束时要求难民对它们进行解释。

物件上标注的所有的地址，要在讯问时要求难民给予解释。

如果难民随身携带的物品中有书籍，需要特别注意书籍中脱落的纸页。如果有书皮包着，要把书皮扯下来检查。如果书中有任何一页被折了起来，需要特别仔细地检查这一页，要查看上面是否有标记，它们或者是一些针刺小孔。

如果随身携带的物品中有词典，要翻看每一个新字母开始的页面，看看在新的索引字母上面或者下面是否有标记。

火柴盒必须倒空，并检查里面。

任何化学合成物，无论是片剂还是粉末都必须拿去化验。

要特别注意口袋书里夹着的棉花、木牙签，以及橙色小木棍等。

要特别留心用过的复写纸以及吸墨纸。它们在之后也许会作为关键证据。

Ⅱ. 第一次审讯

（a）总则

对任何一位难民的第一次审讯，都不应该是一次正式的讯问，由审查员做出一份完整详细的记录即可。

在任何情况下，审讯都应以完全礼貌的方式进行。审讯员在任何时候都不能用言行举止表达怀疑、惊奇，或者其他情绪——也许只有钦佩之情可以除外。

要给予明显的撒谎或者吹牛以鼓励，而不是打压。

不要指出交代得矛盾的地方。

如果受审查的人有同伙，而同伙在第一次审讯之中所陈述的与他说的不一样，那么在第一次审讯中永远不要指出这样的不一致。

一个故事越是令人怀疑，审查员越是应该表现出毫不犹豫接受的样子。审查员不得就此提出任何问题或者做出任何评论，以免受审查的人有所警觉，让他意识到他的故事不被相信。

在受审查人员结束陈述后，如果审查员有理由相信这个故事是真实的，审查员可以开始他的盘问，重点要放在故事中需要进一步阐释清楚的地方。如果经过阐释之后，审查员确信这个受审查者没有任何问题，连第二次的盘问都没有必要了，审查员可以提出明确的释放建议。

如果审查员对故事的任何一处还存有疑问，那么第一次陈述完毕只代表第一次盘问结束。

（b）报告

每一次审查结束，都应撰写审查报告。除了一些标准化项目外，在报告的开头，还应包括：

（1）被审讯人的宗教信仰；

（2）他是否属于某个党派或者工会，如果是，要标明属于哪个政党或工会；

（3）他所精通的语言以及流利程度。

在完整记录受审查人讲述的故事后，不要发表"这个人给我留下了好印象或者坏印象"的意见。

印象有时是致命的。

审查员可能会想当然地认为，一个真正聪明的间谍会给人留下一个非常好的印象。

一个全世界最著名的犯罪学家曾说过：一位给他留下最好印象的女人，为了保险金毒死了自己的孩子；而给他留下最糟糕印象的一个女性却是著名的慈善家和改革家。

如果审查员对被审查人交代的故事不满意的话，就不要轻易得出结论。审查员要详细说明可疑之处和矛盾之处，并提出继续进行审讯的建议。

如果审查员没有任何疑虑或者异议，也可去征求其他人的意见。

在第一次讯问结束之后，审查员应该立即进行自查。这很重要，不要认为这样做是浪费时间，因为这将有助于第二次审讯。

Ⅲ. 第二次审讯

如果第一次审讯是由其他人进行的，那么在第二次审讯之前，审查员应该认真地研究第一次审讯的报告。

在阅读第一次审讯报告的过程中，审查员必须时刻排除第一次报告中提出的建议对自己的影响。因为当一个案件的事实由审查员阐述的时候，他们几乎总是有意或无意地以推理的方式将之呈现出来。

总有些事情是无法避免的。比如：在第一位审讯者看来至关重要的事实会被作为重点详细地记录下来，而他认为次要的或者微不足道的事实则会被忽略或草草地一笔带过。

所以说，第二位审查员绝对不能受到第一位审查员对证据价值评估的影响。

审查员必须对整个案件进行全盘考虑，每个事实都要单独分析。这样做后，审查员可能会发现，案件的主导因素是一个被第一个审讯者所忽略的因素，因为他认为那不重要。

审讯时，审查员可以故意发脾气，这对审讯是有好处的——但不要真正地发脾气。

对于关键问题的讯问应该选择直截了当的方式。

直击要害的表述，对于被审讯者来说，就像是在战场上遭遇伏兵。

另外，在可能的情况下，对于被审讯者的发难不应该是以提问的方式而应该是以断言的方式进行。

譬如，如果审讯者有足够的理由怀疑被审讯者可能和某个城市的德国领事馆有联系，那么不要这么问他："你去了德国领事馆那里了吗？"而要这样问："你上次访问德国领事馆是什么时候？"

对于一个关键问题，或者更确切地说，隐含着某种至关重要因素的问题，应该出其不意地提出，让被审人措手不及。同时，要注意观察被审人听到这个问题后喉结和眼球的反应。

如果他的故事中有几个重点值得怀疑的地方，建议不要一个接着一个地处理，要错开盘问，要毫无预兆地跳转问题的点。

在审讯前，要在心里彻底地总结出被审人的特点，并制定相应的策略。

对于一些人，审查员可以用威胁、恐吓的办法让他认罪，但这对另一些人则完全不管用。

在审讯之前就要通过研究被审人的情绪，制定合理审讯方案——或是通过威胁、讽刺、冷漠无情的方式，或是采用同情的方法，以期取得令人满意的结果。

故事中的故事

在第一次报告所给出的很多建议中,你可能会发现第一个审讯员建议继续把受审人拘留,直到他故事中的某个或多个疑点被澄清——这些点要么是看似不合理的,要么根本就是不可能的。

在这种情况下,审查员必须审慎对待我所说的"故事中的故事"的情形。为之起这样一个名字,是因为我找不到更合适的词语。

任何一个老练的间谍抵达敌国时,在他的交代之中,总会在所讲的故事中嵌入一个"以防万一"的故事。

举例说明:

一个水手正在接受审讯,他给我们讲述了一个故事。在那个他逃离的被占领的国家中,将近八个月,他一直无所事事,因为他拒绝为德国人航行,而且一直以来,他都在帮助一些秘密组织搞破坏。之后他逃走了,经过西班牙和葡萄牙来到了这里。

这个故事听起来是合理的。他讲述这个故事的时候很有把握,很沉着,而且这个人给我们留下了"很好的印象"。

然而奇怪的是,一个八个月都没有工作的水手竟然随身携带着五十英镑和二百美元(这也是要对他进行第二次审讯的原因)。

一个八个月都没有工作的水手如何可以有这么多钱呢?

他先是说这些钱是他自己的积蓄。

第一个审讯员做得很正确，他不相信这一点，建议继续滞留这个人，直到这一疑点被澄清。

接下来就有了"故事中的故事"。

在压力之下，这个人犹豫再三，最终交代道："好了，先生们，没必要再欺骗你们了，我告诉你们事实。我是一个小偷。"

接着，他详细讲述了他如何抢劫一个在晚上热情款待他的女人，抢走她的珠宝，并去黑市当掉的故事。

有一个心理学现象，人们更倾向于接受某人对自己不好的一面的陈述。如果审讯员接受了这个故事，那么在第一份报告中的疑点就被解开了，而因为我们只关心国家安全问题，所以我们不再对这个案件感兴趣，于是这个人就会被释放。

一个好故事的设计者，可以让疑点重重的人被释放，因为他懂得什么叫不完美。

审讯中总会出现"故事中的故事"的情形，且两个故事颇为分裂，目的只有一个：为了获释。只要需要，受审人可能会变成一个小偷、一个杀人犯、一个皮条客，就像我之前给出的例子一样。

对于"故事中的故事"的情形，我们必须提高警惕。如果经过多方努力，审讯人认为自己已经成功击垮了受审人，但之后受审人又告诉了审讯人一件不利于他形象的故事——审讯人千万不要把这个故事作为对这个案子疑点的最终解释；相反，应该把他列为重点嫌疑人。

一个追求完美的间谍

I

大多数的德国人都追求"gründlichkeit",这个单词可以被翻译成"细致、彻底",或者略不严格地翻译成"面面俱到"。俗话说,只有天才才追求极致,但以我的经验来看,一切都做到极致的话可能会导致一个人的死亡。有一个我没有在本书中详细介绍的案例——间谍们被困在一个安静的海岸上,他们携带着英国的货币,穿戴着英国的服饰,甚至连裁缝的标签都是经过考量的——令人钦佩的完美。在下面的案例中,德国间谍也完美得有些过分了。

阿尔方斯·路易斯·尤金·狄莫曼斯是一个比利时人,三十七岁,未婚。他是一位海产品商人,外形看起来像水手。他长得很壮实,坦率、直接,非常友好,有着一双蓝色的眼睛和金色的不整齐的头发。他的着装很整洁,有一双强有力的手,看起来不太聪明,但具备该有的常识——在世界航海圈里,你会遇到大量的像他这样的人。

在那个战乱的时代,他的故事和他的外貌一样看起来没有什么特别之处:在德国占领了比利时之后,他决定前往英国布里克瑟姆港口,加入自由比利时商船队。他一个人穿过被占领的法国，进入维希，再一直向南方前行，抵达比利牛斯山脉——就像一个好水手一样，他能够照看好自己。他到达西班牙的山区边界时，却不幸被捕入狱。他在巴塞罗那肮脏的监狱里待了几个月，比利时的领事馆为救他而多方努力。终于，他被从巴塞罗那送到了葡萄牙的里斯本，在那里，比利时的领事馆把他的名字加到准备逃亡到英国的难民的冗长名单之中——狄莫曼斯，年轻、强壮，应该可以为国家做出很大贡献，因而他成为被优先考虑的人。他于1942年4月到达英国，旋即被送往克拉珀姆的皇家维多利亚爱国学校，于是，例行检查开始了。

作为一个耿直、直爽的比利时人，狄莫曼斯被分配到一位来自比利时的审查员那里，这位审查员恰好是我的学生。到那时为止，我还没有亲自参与这个案子。那时，我正在处理一个顽固的西班牙长枪党员的案件——已经足够让我头疼的了。对狄莫曼斯的审查看起来成了一种例行公事，任何一个情报机构的官员，只要认真、机智，努力工作，就完全可以处理好这样的案件。

正如我在前文中提到的，在皇家维多利亚爱国学校，我们强调搜查难民的行李和随身携带的个人物品的重要性。即使是完全清白的人，也可能在无意中携带明信片、当地的报纸，以及一些训练有素的搜查者认为的对他们而言包含有特殊信息的小纸片。而那些本身就是间谍的罪犯，则往往会带着用以传送他们获得的情报的工具。当然，一个间谍不可能公然在行李里携带无线电发射器，但是他们很可能隐藏一些诸如先前提到的微型摄像头之类的小物件。另外，很少有间谍拥有足够好的记忆力,以使他们记住用他们不熟悉的语言写下的地址和名字——他们需要把他们获得的情报传递到那里。所以,对于难民们的行李和个人携带物品,我们要进行格外小心的检查。这项工作往往是在难民给出初步陈述之后、审查员开展详细的审讯之前进行的。对于他们的审讯,审讯者可以根据搜查得到的线索展开。

皇家维多利亚爱国学校有一间很大的屋子,里面除了一张长桌子和桌子两边各一把椅子外,没有任何家具,长桌子上面没有摆放任何东西。我们叫这间屋子"木材房"。每天早晨,审讯者都坐到桌子前,把他们"顾客"的物件都摊开放在桌子上。有时他们会用一个高倍率放大镜来检查难民们随身携带的手提箱、公文包、钱包、笔记本、通讯录、钢笔、眼镜盒、烟草袋、烟盒、钥匙串以及其他东西。每一样物品都要仔细检查,如果没有检查出问题,就把它们推到一边。这个房间看起来像海关检查站或牧师的杂货施舍棚。

在一个明亮的4月的早晨,温暖的阳光照在外面花园中鲜艳的花朵上,我正好坐在长桌子边上,和我的比利时学生一起,他正在审查狄莫曼斯的物品,我正在研究顽固的西班牙嫌疑人的物件,且陷入了沉思。这时,这个比利时安全官员转向我,对我说:"先生,您怎么看这些?"

我皱了皱眉头,因为我的沉思被打断了。我抬起头,看到他机械地清空了一个破旧的黑钱包,从中取出了一个小信封。当他打开信封的时候,我看到里面有一小块白色的粉末。我很生气,唐突地说:"我怎么会知道呢!我又不是一个活化验室。你应该拿去做分析，让他们快点出报告。"

我继续回到自己的工作上，检查西班牙人的物件。一两分钟之后，耳边有个胆怯的声音问："对不起，先生，我可以再打断您吗？"

我转过身去，本打算好好教训这位年轻的官员一顿——他不能独立完成自己的工作，需要他的上级替他完成工作；但我一眼看到了他手里拿着的物品——这是一束橙色的小棍，就像女人用来拔掉指甲周围的角质层的那种小棍。

"天啊！"我大声说。

"先生，怎么了？"

"怎么了？没什么。现在继续——给我看看棉签。"

"棉签？"这一次轮到他惊讶了。他脸上的表情，暴露了当时他怀疑我们两人中有一个人突然失去了理智——那个人肯定不是他自己。但无论如何，他还是执行了我的命令，忠实地去研究钱包的另一个隔层。这一次轮到他目瞪口呆了——他的手指摸索到一团棉毛，大概有三平方英寸的大小。在他找到这些之后，一名德国间谍的命运就被决定了。

II

鉴于新发现东西的重要性，我让他把狄莫曼斯的案子交给了我，而他则继续审查下一个难民。我待了一会儿，不禁觉得刚才发生的一切很有意思。我在想，是德国人的"Gründlicheit"，德国人一向追求完美的品质，暴露了狄莫

曼斯。不知是谁设计了他的英国之行,这设计关照到了每一个细节,即使是最微小和最微不足道的细节。但正因为这样,这个间谍"设计师"把自己暴露在了新手面前——就好像他提前给反间谍情报部门写了信,通知他们狄莫曼斯将会来一样。后来我们知道,这个间谍头子住在臭名昭著的"塞勒姨妈"寄宿公寓里。他随身携带着三样用于"无形写字"的工具:匹拉米冬粉,可以融化在水和酒精的混合物里;橙色木棍,用于写字的工具;棉毛,用来包住木棍的头,以避免它在纸张表面上留下划痕。可惜的是,其实狄莫曼斯可以在英国任何一家化学品店买到这三样东西,而且没有人会盘问他任何问题。现在,由于他的"设计师"太讲究完美了,他不得不去解释一些东西了。

Ⅲ

然而我意识到,发现他的犯罪证据是一回事,让他承认这一点则是另一回事。法律是讲证据的,他已经被送上绞刑架了,只是绳索还没有拉紧。

我回到我的屋子里,叫来了我的秘书。我让她打印出狄莫曼斯所有物件的清单,不要有遗漏,无论这个物件看起来多么不起眼都不能落下。没过多久,清单放在了我的桌子上,上面清楚地印有三项重要物件的名称:

……

1个装着粉末的信封

1捆橙色小棍

1团棉毛

我必须得让狄莫曼斯承认这三项物件属于他。根据我的经验,有时候罪犯会拒绝承认罪证,甚至会一口咬定这是审讯者栽赃给他的,这种情况曾经在我身上发生过一次。由于没有相反的证据,他的故事得到了法官的支持,最终获得了自由。我已经吸取了教训,我会尽量避免让同样的事情在我身上发生第二次。我传唤了狄莫曼斯。

他摇摇晃晃地进了我的房间,经我允许,坐了下来。他直视着我的眼睛,下意识地朝我害羞地笑着。我回以微笑,向他递去我的烟盒。他取出一支烟,我替他点燃,他吸了一口,放松地靠着椅子。

"好吧,狄莫曼斯,"我用佛兰德语说,"幸运的是,你的案子非常简单,一点都不复杂。自然,我们已经审核了你的'故事',发现一切都没问题。"

他再次笑了。

"他们告诉我你热切地想加入自由比利时商船队,以尽你的本分。"我接着说。

"是的,先生,我非常想加入。"他的笑容显示他此刻很兴奋。

"我很高兴听到这些。自由比利时商船队需要你这样强壮的人。"我翻着一些文件,"好吧,现在没必要再让你滞留此处了。一切都很好,你可以尽快地见到你的同胞了。我立刻让移民官把你送出去。幸运的话,你可以赶上晚上去布里克瑟姆的火车。这样安排怎么样?"

"先生,太好了!非常感谢您。"他龇着牙,咧着嘴笑着。

"就是有一点,"我补充道,"只是例行公事。这是你的东西,"我指着摊放在桌子上的物件说道,"这是它们的清单,是一个官方的收据。你不介意我们检查清单上所列的物件吧?如果没有丢任何东西的话,你可以在上面签名了。之后,可以拿上你的东西离开了。"

他从我手里拿了清单,读了一遍。"先生,一切都没有问题。"他说道。

我拿出我的钢笔,隔着桌子递给了他。屋子里一片寂静,只能听到狄莫曼斯签字的沙沙声音——他签署了一张自己的死刑令。

他站起身推开椅子问道:"先生,还有其他事吗?"

"等一下。"我打开他的钱包,慢慢地取出粉末、橙色小棍以及棉毛,整齐地摆在吸墨垫上。我一直盯着他,他的脸色突然变得苍白,笑容消失了,一个眼皮抽搐了一下。

"在你走之前,可以解释一下,为什么你会在钱包里携带这些特殊的物件,在你刚才签署的清单中,你已承认这些都是你的。"

他吞了一口唾沫,盯住我手里的清单,仿佛是在思量我们之间的距离,寻找从我手里夺走那张清单的机会。接着他放松了,脸上恢复了之前的那种笑容。

"我当然可以解释了,先生。刚才您让我感到困惑了,但现在我清楚地记起来了。当我在巴塞罗那监狱的时候——有人和您提到过吗,先生?我和一个西班牙的共产党关在一间牢房里。一天早晨,警卫过来把他抓走了。当我们听到外面走廊里响起警卫脚步声的时候,他把这三样东西递给了我,告诉我如果警卫发现这些,就会把他枪毙了。他让我替他保存这些,直到他回来。"接着他很情绪化地耸了耸肩,"然而他再也没有回来。我一直把这些东西放在我的钱包里,后来就忘了,直到现在才想起来。先生,我说的是事实。"

我隐藏起对他如此快速反应的钦佩,只是看着他。有一种方法可以挫败他,我想到了,于是我做了尝试。我笑起来,就像一个人看到了一个非常好笑的笑话一样。我笑得停不下来,我的肩膀晃动着,好像我在努力抑制笑意,但接着我咯咯地大笑了起来,一阵接着一阵。我把头向后仰,尽情地大笑着,直到我的脸都憋得通红,我的眼泪从眼睛里涌出来——似乎我一生中从没有遇到过比这个笑话更令人可笑的事了。

狄莫曼斯僵硬地坐在那里,紧紧地咬着牙。他额头上的青筋凸起,紧握拳头,指关节都变白了。当我发出一连串尖叫似的笑声时,他开始颤抖了。最后,他崩溃了。他用手紧紧地捂住耳朵,跳起来,一边喊一边骂,请求我停止这令人抓狂的笑声。"我告诉你一切。"他尖叫道,"但看在上帝的分上,不要笑了。"

两个小时之后,我们提醒他所说的一切都会被记录下来,被用作证据,他同意了,签了一份完整的供词。供词后来被整齐地打印出来，放在我的桌子上。

1942年7月7日，他在旺兹沃思监狱被处以绞刑，他是德国"gründlicheit"的受害者。

难民的暗影

I

这件事发生在苏豪区。在皮卡迪利环形广场的东北部,人们通常可以找到伦敦最好的食物,也可以遇到最糟糕的罪犯。一天晚上很晚的时候,两名巡警拦住了三个样子很奇怪的乞讨人,遵循战时惯例,他们要求这三个人出示身份证。这三个人没有身份证,他们只会说法语,警察们只会说英语。警察以英国式的礼貌,依据法律,建议他们去一趟加农街警所。他们"乖乖"地跟随前往了。

警所值班警察的法语程度只勉强够他对三人进行简单讯问。警察将讯问的片段拼凑起来——这故事令他感到不安。那时是1941年的春天,尽管希特勒的"海狮行动"到那时为止还没有开展,也就是说,虽然希特勒还没有正式入侵英国,但这个危险依然存在。在喘息的间隙,英国匆忙地组织起沿海防御线。在英国的海岸线上,已经生锈的铁丝网在沙滩和岩石上立起来;所有车辆可以通过的道路都埋了地雷;每条能够通行坦克的路线,都设置了钢筋混凝土的路障以及防坦克坑。蒙哥马利将军当时虽然还没有取得巨大的胜利,但他的个性和斯巴达式的训练部队的方法已经引起了人们的注意,他在英格兰东南部——那儿可能会面临德国的首次入侵——指挥第十二军团。在英国的海岸线上，从黎明到黄昏，都有放哨和巡逻的人，他们密切注意着海滩和海岸，以防有敌人靠近。

难怪警官会对这三个人讲述的故事感到不安：他们声称几天前，坐船逃离了法国，光天化日之下，在英国的东北部海岸登陆，且没有被任何人发现。他们搭乘便车，穿过了几处禁区来到了伦敦，这期间他们没有遇到任何路障，没有被讯问，也没有被要求出示身份证，直到几分钟前两名巡警把他们拦了下来。

听了他们的讲述，警官想到了两种可能性——无论哪种都让人感到不安。如果这三个人的故事是真的，那么大不列颠的防御体系将根本不足以抵抗德军的侵略；如果故事是假的，那么这三个人又是什么身份呢？难道他们是受过训练的第五纵队秘密特工，在德军部队到来之前负责传送信息，一旦枪炮开火，便负责制造恐惧和混乱的吗？无论是哪一种情况，这个案子都太大了，这可不是他可以解决的问题。他拿起了电话。

消息很快传到了最高当局。很快，内政大臣、内阁以及首相都得到了这个消息。他们下达了命令，要对国家的防御体系展开全面的调查——怎么能让三名不会说英语的人轻而易举地登陆，并在伦敦街头随便闲逛。同时，他们给MI5[1]下达了死命令，必须对三个人进行全面的调查。

就这样，我介入了这个案件。

---

[1] MI5，指英国国家安全局。

II

此时，那三个人已被从加农街警所转移到位于克拉彭地区的皇家维多利亚爱国学校。毫无疑问，那个警官看到可以移交这个奇怪的案件，以便来处理他更为熟悉的案子时，他定是松了一口气。

在我开始审讯之前，我仔细地审视了这三个人。他们看起来像三个病恹恹的船员。第一个，不过是一个十几岁的男孩，我怀疑他是他们中性格最软弱的一个。他的脸颊显得柔弱又柔和，有一双下垂的眼睛。他一直不停地咬嘴唇，仿佛在努力控制自己，以免已噙在眼里的泪水落下。第二个是一个与第一个完全不同的人，长得矮壮，方肩，有着摔跤运动员的体魄。他看起来皮肤黝黑，身体强壮，但并不是一个非常机敏的人。他不停地扫视着屋子，坐立不安地打量着每一个物件，似乎永远不能停止对它们的好奇。我判断他稍微有一些狡猾，但却缺乏才智。

第三个人明显是他们当中的头。在过去的那些看似已久远的和平日子里，我经常去打猎，我拥有一座私人动物园。我看到第三个人的第一眼就认定他是我熟悉的"丛林中的野兽"。他站在我面前很放松，动作灵活，泰然自若地立在那里。他强壮的身体对他人构成了一种威胁。他的脸上布满了刀疤，包括锯齿状的半圆形疤痕，这些疤痕看起来是被破碎的瓶子的边缘划伤后留下的，很可能一个瓶子向他砸了过去，撞在他的脸部后才改变了路线。在他的上唇上也有一块永久的伤疤，头皮上有一块凸斑，看起来也像是刀伤或者是由碎瓶子造成的。他站在那里冷冷地看着我,他的个性在他们三个人当中最突出。其他两个人明显都非常怕他——比起我所代表的官方权威,他们像是更惧怕他投过去的任何一瞥。是的,马吉斯先生——这是他告给警方的他的名字,他正是我需要注意的人。他简单地告诉我,他们如何从法国逃跑,如何在东北部海岸登陆,而其他两个人毫无意识地听着。很显然,在这个头目面前,根本没有办法让其他两个人说话。于是,我决定分开审讯他们。

Ⅲ

首先,我传唤了三个人中的那个"孩子",那个看起来一脸柔和却到现在为止还根本插不上话的年轻人。当他进来的时候,他看起来非常紧张,于是我试图安抚他。他坐下来的时候,我和他谈了一些无关紧要的事情。他不停地窝他的手指,一直回头看,似乎在期待那位令他敬畏的马吉斯先生突然跳到他的身后。不过渐渐的,他变得不再那么不安了。

"好了,现在,"我开始说法语,这似乎是他懂得的唯一语言,"这只是例行公事。我必须问你一些问题并做一下记录。你们无比英勇的成功逃脱给我们留下了深刻的印象,但我们想知道更多的细节。比如,你们那天什么时候登陆的?早上、下午还是晚上?"

"我想应该是下午两点,先生。"

"好,你们乘坐什么样的船逃跑的——嗯,借的船吗?一艘帆船,还是一艘划桨船?或者你们足够幸运地找到了气垫

船?"

"是一艘帆船,先生。它有船桨,风停了的时候,我们还可以用。"

"明白了。那你们登陆的地点是什么样的呢?是布满岩石,还是是沙滩呢?"

"是沙滩,先生,有点坡度。"

"噢,这样事情就简单多了,不是吗?没有把小船撞到岩石上的危险。顺便问一下,船是什么颜色的?"

他犹豫了一下,然后说:"是灰色的,先生。"

"我想问你的就是这些。这没有什么可怕的,不是吗?"

"没有,先生。"他害羞地朝我笑着,然后离开了房间。我坐在那里沉思了一会儿,接着传唤了那位矮壮结实的、眼珠滴溜溜转的嫌疑人。

IV

第二场审讯采用的方式与第一场相同。在对我的"客人"进行了一个安抚,并为不得不问他几个问题而道歉后,我漫不经心地问他:"老兄,你记得你们三个是在什么时候登陆的吗?"

他做出了回忆的样子,用一只大手托住下巴,他那远称不上英俊的面孔皱起了眉头,接着,像是模糊的记忆清晰起来一般,他的表情突然亮了起来:"应该是——让我想想——应该是早上九点,先生。根据太阳判断,应该是早上九点——我们拥有的唯一的一块表坏了。"

"谢谢。那发动机的汽油是怎么得到的呢?这相当重要。如果你们找到了欺骗盖世太保的方法,那这个方法一定也可以帮助其他人逃跑。你明白我的意思了吗?多给我们一些细节,好吗?"

"好的,当然可以。先生,乐意效劳。事实上,其实一切都非常简单。我在布列塔尼半岛有一位朋友,他是一名渔夫。他在花园里面埋了几罐汽油。那天晚上,他让我们都挖了出来。"

"嗯,你们非常聪明。那你们登陆的海岸是什么样子的呢?是悬崖,还是岩石,还是普通的沙滩呢?有没有一些特殊的地方?"

"嗯,并不能完全算作一个沙滩,先生。我们登陆的地方有零零星星的沙丘,还比较陡,我们不得不抓着树木,比如灌木丛爬上去——它们或者是松树。"

"后来船怎么样了?"

"我们不得不丢下船。没有办法把它拖上岸,先生。"

"好的,这就是我要问的全部问题。噢,顺便问一下,你们的船是什么颜色的呢?"

"棕色的,先生。"

我笑着点了点头,对他说了声谢谢,他大摇大摆地走出了房间。我早已下令将他们三个人分开看管,这样他们就没有互相交换消息的机会了。

V

"进来吧,马吉斯先生。"我说,"请坐,别拘束。"

听到我的话,他看了看我,然后懒洋洋地坐下,背靠着椅背,跷起了二郎腿,主人翁一样地环视着周围的一切。

"我不得不问你几个问题。"我说道,"仅仅是例行公事。当然,你知道官员是什么样子的,总是在填写表格和报告,然后来回传递它们。"

马吉斯点了点头,显然他知道官员是什么样子的。

"好的,那现在请问,你是什么时候在英国登陆的?你看,我不得不把这些记在我的报告之中。"

"当然。"马吉斯先用指尖触摸了一下那布满伤疤的脸上的一块伤疤,然后说道,"应该是下午六点钟左右的时候。"他停顿了一下,然后点了点头,"是的,就是这样的,六点钟,大概有半个小时的误差。"

"谢谢。现在我相信你们一定是从一个非常糟糕的海岸登陆的,那里到处都是岩石等,一定相当不容易,不是吗?登陆时遇到麻烦了吗?"

"是啊,不是那么简单轻松的。有一会儿我都觉得没希望了。船似乎要撞到岩石上面了,不过……"

"不过你们终于看到了一个港湾?"

马吉斯的脸上流露出一丝惊奇的表情。

"是的,是啊,完全凭运气。那边的海岸比较平缓,我们终于把船划到了岸边。我们竭尽全力挣扎着爬到了岸上,但是那船……"他耸了耸肩。

"不要担心船了,这样的船还有很多。让我看看你的手,可以吗?"

马吉斯诧异地问:"我的手?你是什么意思?"但是他还是伸出了他的手,手心朝上,让我检查。

我摇了摇头:"我不明白,你的那两位朋友说你们的船没有帆也没有发动机,只有一双桨,而你,划了四天四夜的船,两只手上却没有起一个水泡。我不能理解。"

马吉斯反应很快:"先生,这对你来说似乎是奇怪的事,但是实际上事情很简单。摸摸我的手,你会感到它非常皮实,我的手不容易起水泡;而且,你不会认为都是我一个人划的船吧?我们三个人一个接着一个地划,没有一个人会因为船划得太久而累得筋疲力尽。另外还有一点,很多时候我们根本不划,我们让船随着洋流自己漂了好几个小时。您现在明白了吗?"

我耸了耸肩说道:"这也许是个合理的解释,如果是这样的话,有没有水泡就不重要了。但我还不明白你们为什么不改换小船的颜色,你们难道不害怕德国人即使离得很远也能发现你们吗?鲜红色的船在大海上一定会像大拇指疼痛那样明显。"

"当然,"马吉斯先生承认道,"这是一个风险,但我们必须得承受。没有时间可浪费在把小船漆成其他颜色上。而且在这么短的时间内,我们该从哪里拿到其他的颜料呢?"

"不要问我。"我回答道,"我自己从来没有给船上过漆。"

"还有其他问题吗,先生?我总是愿意为您效劳。"

"谢谢你,马吉斯,非常感谢。到目前为止,就这些了。我们把你的另外两位朋友一起叫过来吧,我想和你们一起聊一聊。"

几分钟后,警卫把另外两个人一起押了过来。我让他们坐下,一个一个地打量着他们。那个"孩子"低头看着地板,不敢抬起头来;那个壮汉到处乱看,就是不看我的眼睛;只有他们的头儿,马吉斯,尽可能冷静地回视着我。

"好了。"我过了一会儿说道,"我现在面对着三位撒谎者,三位极其愚蠢、笨拙的撒谎者。为什么这么说呢?即使是从学校逃学的小男孩们,也要确保自己的对外口径一致。然而你们三个如此聪明、强壮的大人却犯了最幼稚的错误。你——"我指着他们当中最小的那个说,"你说你们下午两点在英国登陆。但轮到你,"我指着那位四处乱看的说,"时间奇怪地被你改到早上九点。而轮到你,马吉斯,你说你们晚上六点才到达。你们乘同一艘船,却在三个不同的时间抵达。这艘神奇的船像被施了魔法——它可以像变色龙一样改变颜色:一会儿是灰色的,一会儿又变成了棕色,当我和马吉斯提到你们的船是红色的时候——马吉斯,不要想着去辩解……更神奇的是,你们的小船还可以随心所欲地改变驱动方式。一开始的时候它是一艘帆船,然而不知为什么,在大海的某一处时,它有了一个汽油发动装置——这样你们就可以用上从布列塔尼那个有先见之明的渔夫朋友的花园里挖出来的汽油了。而马吉斯呀,你说你们一路上都在辛苦地划桨,但你的手上没起一个水泡。瞧瞧你们这些'愚蠢而出色'的谎言!就拿登陆海岸来说吧,它在你们每个人的嘴里都是不一样的。它一会儿是沙质的、略陡的,一会儿就莫名其妙地有了沙丘和松树。马吉斯,轮到你的时候,又突然冒出了岩石。你们把我当成一个什么样的傻瓜,男士们?"

他们没有回答,在那里静静地坐着。

"对此,只有一种显而易见的解释。"我继续说,"从来没有过那艘船,你们也没有在海边登陆。可以确定的只是一点,你们抵达了英国。但你们并不是按照你们描述的那种愚蠢的方式到达的。现在,我想要真相。你们是怎么抵达英国的?"

他们完全陷入了沉默。我依次看着他们,但是他们都躲避着我的视线。最后,马吉斯打破了沉默,他坚持说他讲的故事里的每一个细节都是真的。他拒绝承认故事有瑕疵。他说他讲的是事实,是全部的真相;而接不接受取决于我,这和他没有任何关系。

"这就是你犯大错的地方,我的朋友。"我回应道,"这当然与你有关——有密切的关系。尽管你言之凿凿,但你还是在说谎。我知道你在说谎,你也知道我知道你在说谎。如果你们是诚实的人,是真正的难民,为什么要对我捏造这些谎言呢?这说明你们不是真的难民。如果你们不是真的难民,那你们为什么来这里呢?答案很简单——你们是三名间谍。你们应该知道我们抓住间谍之后会怎么处理。我们会在早上给他们送一顿美味的早餐——希望他们咽得下,之后我们会带着他们走一段路来到绞刑架下,在他们的脖子上套上绳子,把他们处以绞刑。"

我又依次盯着他们的脸和脖子看。他们中没有一个人吐露一个字。壮汉和"孩子"用余光偷偷地瞥着马吉斯,那个"孩子"舔了一下嘴唇,但依然没有打破沉默。很显然,他们看起来害怕马吉斯胜过害怕被当作间谍处以绞刑。不过,给他们点时间和考虑问题的机会也许能改变他们的想法。我朝警察点了点头,示意他带他们离开。

VI

有人说,拳击手体积越大就越难摔倒。但我从审讯中得出的经验是,在强大的压力之下,一个看起来越坚强的人,就越是容易被打垮。被认为硬汉的人,其表面的外壳往往比明显柔弱的人的更加脆弱。于是,我决定把精力都集中在马吉斯先生身上。我下令把他从皇家维多利亚爱国学校转移到一个纪律更严格的纯粹的军事基地,它设立在切尔西。在那里,他一遍又一遍地被审讯。他屡次讲述他们三个如何抵达英国的经历,越讲得多互相矛盾的地方越多。虽然他不断地被提示他将和战争期间落网的间谍有相同命运,但他依然没有表现出任何害怕的样子。每次讯问他的时候,他都要一遍遍地说,他讲述的都是事实,而且是唯一正确的事实。别人相信不相信,与他有什么关系呢?这是审讯者的错误,和他无关。至于他的两个朋友讲述的故事跟他讲的有些不同,这点是很容易解释的:他们是两个笨蛋,他们没有足够的记忆力——他相信这点我们当然都看出来了。他们的记忆像筛子一样,常漏掉重要东西,但他们又非常急切地想提供帮助,于是编造了一些他们记不清的细节。任何人都可以利用这样的傻瓜来设置陷阱。为什么不再次审讯他们?现在他们已经有时间整理他们的思绪了。再次审讯,你们一定会发现,现在他们的记忆有所改善了。

我决定听从马吉斯的建议。我再次审讯了其他两位——其实,我本应该避免这样的麻烦——他们完全肯定了马吉斯讲的故事。是的,他们说他们的故事都是错的。在艰苦的旅程之后,他们都已经疲惫不堪,而且精神紧张。现在他们有时间反思了,才想起来马吉斯讲的全是真的,是他们记错了。是的,当然,船是红色的,海岸有岩石,船从来都没有帆,也没有汽油发动机,等等。

我的审讯只是进一步证明,他们两个都对马吉斯怕得要命,以至他们宁愿冒着坐牢的危险,也要支持马吉斯离奇的故事。但我因此可以更加肯定的是,这两个人不是间谍——在我三十年的抓间谍生涯中遇到过许多间谍,但从来没遇到过像他们两个这样的。首先,他们没有作为间谍的聪明和精明。德国人也许会犯错误,但是他们是这一行的专业人士。在战争的关键阶段,他们不会随便地选派两名业余选手来到他们想要入侵的国家。职业间谍要做的第一件事就是在他们每个人所讲故事的细节上达成一致,然后坚持他们所达成的一致。马吉斯可能是一名职业的间谍,但我可以用我的名誉来保证,他的两名同伴不是。不过疑点在于，他们这不会说英语的三个人是如何被"绑"在一起的，又是为了什么目的。

留给我的时间不多了，最高当局一再催促着结果。到目前为止，我尝试了所有的常规审讯方法，然而情形不同寻常，所有的方法都不奏效。我确信马吉斯是他们当中的头儿，而我把精力集中在他身上也是对的。我确定马吉斯应该是我的"金丝雀"，不过，怎么做才能让他"歌唱"呢？

我突然想到了一个不同寻常的办法。目前，这是唯一一个可以让他说真话的办法，不需要用肉体酷刑，而且我对这个办法也不完全感到厌恶——不过不到此种境地，我是绝对不会使用这个办法的。我必须和这个基地的其他官员合作，才能让我的办法奏效。那位基地的官员觉得我的主意十分新奇——当我告诉他的时候，他立刻变得无比兴奋；更有意思的是，他还影响了基地的其他官员，甚至连指挥官都勉强同意了。

第一步是把马吉斯转移到一个黑色的牢房里，在那里，整整一天他都被单独拘禁。第二天早上，他被警卫押送到一个更大的房间里，在一张铺着绿色毛毡的长桌子前站定。在桌子后面坐着基地的一些军官，他们都穿着军装，扣子被打磨得锃光瓦亮，山姆布朗皮带闪闪发光，头上戴着尖顶帽。每个军官面前摆放着一把手枪。我作为这个"军事法庭"的长官位居中间。

对于一个在黑暗中度过了二十四个小时，而且心中惦记着他的同伴的人而言，眼前的场面必定是令人震撼的。马吉斯站在两位佩着刺刀的警卫之间，他不止一次地眨眼睛。一两分钟的绝对寂静,足够让他意识到这个场合的严肃性。他巨大的优越感已经消失殆尽。

我用法语对他说:"犯了法的囚徒,你知道你上二十四小时在哪里待的吗?"

"是的,先生。在一个漆黑的牢笼里。"

"你知道那是什么样的牢笼吗?"

"不——不知道,先生。"他看起来困惑又不安。

"那是囚禁死刑犯的牢房。被关押在那里的人,已经走到他们人生旅程的最后阶段。"

我停顿了一下,屋里除了囚犯的呼吸声外一片寂静。他的呼吸要比往常急促。

我继续说道:"犯了法的囚犯,你在伦敦被捕了,我们已经给了你很多的机会,希望你告诉军事当局真相。然而你却坚持告诉我们你的无稽之谈——根据你同伴的供词,你所说的每一处细节都是错误的。尽管这样,你却依然坚持说你的故事是真实的。事实是对你不利的,犯了法的囚徒。你坚持说谎这事只可能有一种解释:你是被德军第五舰队派来的间谍。在战争时期,这是可以被判处死刑的罪行!

"你现在出席的正是军事法庭,法庭将要对你进行宣判。依现在的情况来看,法庭只能作出一种判决,那就是'有罪',对于你只有一种判刑,那就是绞刑。

"尽管你的态度非常恶劣,而且你一直都在无耻地撒谎,但我们还是准备给你最后一次机会。"我看了一下我的手表,把它放在我面前的铺着绿色毛毡的长桌上,"你有两分钟的时间决定你是和我们说出真相，还是带着你的谎言接受绞刑。认真想一想，这是你最后的机会。你一共有两分钟的考虑时间。"

除了手表机械的滴答声外，屋里没有任何声音。时间一秒一秒地过去，像是要一点一点地将马吉斯推向绞刑架。马吉斯盯着地板，呼吸声微弱——好像在故意屏住呼吸。此时，那些伦敦街道上因忙碌而产生的各种噪声显得格外清楚，汽车的嗡嗡声，遥远的电车不耐烦的喇叭声，这些噪声在房间中被放大了，成为眼前这离奇一幕发生的背景。手表的秒针走了一圈了，然而马吉斯依然低着头站在那里，没有任何紧张的样子。一位警卫挪了一下脚，那声音在这个严肃的气氛中仿佛是一声炸雷。

两分钟的时间到了，我收起了手表，盯着马吉斯看："犯了法的囚徒，你有什么要说的吗？"

他直视我的眼睛，说："没有。"

"这是你最后的答案吗？"

"是的。"

我慢慢地站了起来："你给自己带来了死亡。我现在要宣布对你的判决。"

我说出了每个死囚都可以在英国法庭中听到的判决："法院对你宣判，你将离开这里前往监狱，之后会被带到执行死刑的地点，在那里你将接受绞刑，你的尸体将被埋在处决前监禁你的监狱里。愿主怜悯你的灵魂。"

我坐了下来，凝视着囚犯的脸，我等了一会儿，期待他可以改变主意，说出事情的真相；但他没有动，只是双眼盯着地板。于是我只得朝两个警卫点点头，示意把他带走。我突然心生疑惑——莫不是他看穿了我们为他精心设计的游戏？他走后，门没有被关严，我依然可以听到从外面走廊里传来的脚步声。这时，陪我"演戏"的军官都松了一口气，他们移动着椅子，紧张的气氛松弛下来了。

然而令人尴尬的是，没人说话，每个人都盯着我。最后，指挥官清了清嗓子，说出了此刻所有人心里的想法："那么，下一步该怎么办呢？"

通常情况下，我可以很好地控制我的情绪，然而此时此刻，迷茫和羞愧导致的红晕从我的脖子上爬到了脸上——我自认为既超凡脱俗又不按常规出牌的办法彻底失败了。囚犯完全没有被吓到，反而耸了耸肩，一点都没有屈服——或许他没有在我们的"戏剧表演"中大声笑出来，对于我来说，已是一个安慰。我觉得我好像被愚弄了，现在，没有谁会比我这个愚蠢想法的提议人更感觉糟糕了。我整理了一下思绪，带着羞愧之情，勉强地回答："先生们，我们可以再等一会儿吗？有时候，囚犯们也会改变主意，之后……"我的声音越来越小，我已经感到了那些落在我脸上的怀疑的目光，我尽量躲避着它们。

正在这时，有人敲门了。押送马吉斯的一个警卫走了进来。"先生，"他向我说道，"囚犯想知道能不能跟您说话。"

我努力抑制着马上就要在我嘴边流露出的笑容，尽量克制不让声音里露出"正如我之前告诉过你们"的语气，说："好吧，把他带进来。"

马吉斯被带了进来。

"什么事？"我声音严厉地问。

他上唇上的疤痕使他形成了一个永久的半微笑式面容，他张开了嘴，为我们带来了这充满诧异的一天中的另一个让我们诧异的故事："先生，我最好解释清楚……"

他用的是英语——我感到震惊，之前他假装不会说英语，事实上他不仅会说英语，而且他的口音和所用的俚语可证明他是大西洋彼岸的人。

"当然，"我说，"你应该说清楚。你是个加拿大人，不是吗？"

"是的，先生。法国加拿大人。"

于是，一个困惑解开了：马吉斯和他的两个同伴是加拿大在英国驻军的逃兵。但现在还不是为这个案件画终止线，再去整理另一份档案的时候；因为我们遇到了一个更大、更复杂的问题。

在马吉斯平稳情绪之前，我又对他进行了一次长时间的讯问。有两点是我想着重了解的：一个是让他坚持不讲真话直到要被"判处死刑"才说出来的原因；第二点是他的军装和军人证件都到哪儿去了。军人证件是一个军人证明自己身份的物件。马吉斯和他的两个同伴从他们当逃兵的那一日起，就得自己养活自己，一直到他们被捕之日。那他们是如何养活自己的呢？他们是如何赚钱的呢？

马吉斯给我的第一个问题的答案看起来是合理的。马吉斯已经当过八次逃兵了。最后一次他被警告，如果他再当逃兵的话，就会被关在奥尔德肖特的"温室"里。（无论他说的是真是假，但"温室监狱"确实是一座被所有士兵恐惧的军事监狱,提到这座监狱都能让人吓得声色全无)因为害怕被判处两年的监禁,马吉斯决定编造故事,直到他觉得自己可能会受到更严厉的审判。

关于军人证件的回答是,他在营地里把它烧毁了。关于他的军装,他说他在苏豪区遇到了一个人,给了他一件质量不错的平民服,同时还给了他一笔钱用来换他破旧的军装;但他不知道这个好心仙女教母的名字,也不知道为什么她如此"堂吉诃德"。

不过,我心里已经对军人证件的去向有了一个令人不安的怀疑。我不相信他会把军人证件给烧了。逃兵更可能是把它扔了,因为只要是找不到军人证,即使他被拦住,或被讯问,也无法证明他的身份。但如果说是把军人证给烧了,采用这么一种彻底的摧毁手段,还是显得不那么合情理。最有可能的是,马吉斯和他的朋友们把军人证件和军装一起卖了。这种交易中的顾客不可能是一个普通的二手衣服贩子,我认为,他们更可能是德国第五纵队的组织者。无论哪一天,当希特勒发动蓄谋已久的对英国的侵略时,他们就会运用在法国、比利时、荷兰等国家运用过的战术。在斯图卡俯冲轰炸机突袭之后,混乱和骚乱就会爆发,难民们会阻塞道路,甚至阻碍军事交通。在混乱的关键时刻,两三个穿着军装的人会站在十字路口,指挥军队向错误的方向行进;或者他们会让平民百姓腾出他们的家,以制造更大的混乱。大量的加拿大军队驻扎在英国的东南部,那里更有可能被袭击。我想,难道这就是加拿大国籍的军装被高价收购的原因吗?谁又会是买家呢?

我又审问了另外两名逃兵。尽管他们意识到我已从马吉斯那里知道了事情的原委，甚至包括一些细节，但他们却无法对马吉斯的故事作进一步的补充。很显然，马吉斯是他们的头儿，他们两个只是盲目地跟着他。不过他们确认，他们把军人证件连同他们的衣服一起交了出去，军人证并没有被烧毁。到了这一步，他们已不能再提供更有意思的信息了，于是我把他们交还原单位，同时请求加拿大方面允许我将马吉斯继续扣留在MI5，等待进一步调查。加拿大当局立刻同意了。内政部也得到了关于这三个人"在英国登陆"的解释，这让很多人都放心了。

然而就我看来，军装和军人证问题更为严重。如果第五纵队有所行动了，那么必须要对其马上镇压。但这不在我的权力范围之内。我拜访了伦敦警察厅，拜见了特别行动的负责人。刚开始，他对MI5这"外行"欲"越界"到他的地盘查案充满了质疑；但当他被告知在苏豪区，这个伦敦的犯罪中心可能正在发生的那些事后，他的自尊心受了挫——因为他没有注意到这些。我们讨论了很久，这得以让这位有能力的官员和我们冰释前嫌。最后他慷慨允诺，他们特别支队的两辆警车和一支由他亲自挑选人员的小队任我调遣，以便在苏豪区展开晚上的行动。

Ⅶ

紧接着，我又对马吉斯进行了一系列的审讯。当我用他两个同伴的供词和他对质时，他坦然承认他又对我们撒了一个谎。当他得知跟我们合作将会获得减刑时，他彻底改变了态度，表示会竭尽所能来帮助我们。但是正如他所说的，他只见过买军装的中间人一两次，而且当时苏豪区街道的灯全熄灭了，酒吧里又挤满了各式各样的人。他问我，我们有没有想到他很可能很难准确地描述出中间人的样子。

奇怪的是，我渐渐地喜欢上了马吉斯，尽管他是一个逃兵，还会面不改色心不跳地撒谎，但他却有一种很吸引我的幽默感。我开始喜欢上和他交谈，尽管我们两个都意识到这对案件进展没有意义——我知道马吉斯再也提供不出有意义的信息来了。看来我必须从其他地方找突破口。

马吉斯揣测到了我的心思，他告诉我即使他不能帮助我破案，但至少他可以为我做一个游戏。一天，我们正进行审讯时，他把手伸到衣服兜里拿出了一个陈旧的刮胡刀片。在我阻止他之前，他把刀片放入口中，不以为意地咀嚼起来，然后咽了下去。之后他得意地张开嘴给我们看，以示他没有骗人。之后，他又从口袋里拿出一块玻璃片——这是啤酒瓶的一块碎片，他娴熟地将它放到嘴里咬碎，然后吞了下去——他将这作为一个加演节目。我曾经听说过有能吞玻璃和刮胡刀片的人，但从来没有这么近距离地看到过。每一秒我都怕看到他嘴里流出血来，但他无所畏惧地咀嚼着，然后把它们咽下去，似乎满不在乎，似乎乐在其中。

"这究竟有什么意思？"我问道。听了我的话，马吉斯看起来很受伤。

"我只是做一个表演，"他说道，"这是我赚钱的方式。"

"你赚钱的方式?"我问,"你靠吃玻璃赚钱吗?"

"当然。在加拿大或美国,没有一个游乐场是我没去过的。每当我表演的时候,人们都围了过来——这就是我们没钱之后在伦敦用以挣面包钱的方式。"

我笑了起来,我立刻想到了"马吉斯"的其他"用途"。"马吉斯",正是法语"魔术师"的缩写。曾经我还想过他为何起了这个奇怪的名字。

苏豪区的行动计划很简单:马吉斯在我的陪同之下,晚上到苏豪区的酒吧闲逛,如果遇到马吉斯的"朋友",我们会采取行动。有一支穿着便衣的警察小队,会在相当谨慎的距离之内跟着我们——因为他们中的很多人会被认出来,我们不想被人发觉他们与我们有关联。

我向马吉斯说出了我的计划,然后问他:"你愿意做这个游戏吗?"

"当然,我准备好了做游戏。只要能离开这个垃圾场,呼吸一下新鲜的空气,我愿意做一切。哎,谁付钱呢?"

"政府。但不要觉得这是一场闹剧,这是很严肃的工作。另外,我要提醒你一下,不要对我耍什么花招。你只要走错一步,你就会成为温室监狱里最老的居民。你听明白了吗?"

马吉斯明白了。

VIII

第一个晚上,我们没有任何收获。我们刚到苏豪区,就听到了空袭警报的哀号。几分钟之后，我们又听到德国轰炸机在头顶发出的无规律的嗡嗡声，接着探照灯的光柱刺亮了夜空。很快，高射炮的咆哮声、炸弹的尖叫声和砰砰声响起，炸弹的弹片像雨点一样落在了街道上。苏豪区狭窄的街道一下子空无一人，因为每个人——无论是罪犯还是诚实的人都被带往了防空洞。看来这几个小时的工作是不可能有结果了，我决定放弃当天晚上的猎捕。

  第二天晚上，就在我们快要抵达猎捕地点时，又遇到了空袭，不过幸运的是，这次空袭没有持续很长时间。我们在黑暗中摸索前进，从一个酒吧转到另一个酒吧。当我们推开酒吧门，撩起悬挂在入口处的厚重的遮光门帘时，我们的眼睛被浑浊的空气以及烟雾所刺痛。马吉斯和我找到了一个有利位置，点了半瓶度数不高的饮料——英国人称之为"啤酒"。酒吧人声鼎沸，有着各种各样的口音和语言。马吉斯小心翼翼地端着酒杯，看着拥挤的屋子内的不同模样、不同身材、不同肤色的人们——我希望他能辨认出他的"朋友"。但几分钟过去了，他总是一成不变地朝我摇摇头。于是，我们就往门口走，出了门，穿过漆黑的街道前往下一个酒吧。

  时间已经很晚了，我们毫无收获，渐渐地我失去了耐心。喝了太多的酒，我感到很不舒服，酒吧里那令人窒息的、闷热的、腥臭的空气让我的头隐隐作痛。我开始怀疑这不是一个好主意，一切会不会最终像追寻"野鸭子"一样徒劳无功，因为我们不知道"野鸭子"到底是谁。干净的街道和柔软的枕头对我越来越有吸引力。正在我打算取消这徒劳无功的猎捕时，我们的运气来了。当时,马吉斯和我正在夏洛克街的一家酒吧里。这家酒吧没有其他酒吧里的人多,当我们走进酒吧时,我碰巧观察到马吉斯和一位靠着吧台的、健壮年轻的男士迅速地交换了一下眼神。这就足够了。这位年轻人漫不经心地喝完了酒,然后径直向门口走去,再没有看马吉斯一眼。我向跟着我们的穿着便衣的警察点了点头,于是他悄悄地跟着那位年轻的男士出去了。我把马吉斯拉到了一边。

"就是那个人,对吗?"

马吉斯点了点头。

"为什么你不说呢?为什么你不过去和他打招呼呢?你打算再次欺骗我吗?"从我认识马吉斯以来,我第一次看到他脸露困惑之色。他咕嘟了几句。我意识到黑社会的规则是多么奇怪,以及那些规则是如何控制着他这样处在黑社会边缘的人——当他面对他必须背叛的人的时候,他的理性已被那些规则打败。

IX

所幸一切都并非徒劳。那天晚上警察很晚才回来,带回了很多重要的信息。那个中间人最后被证实是一名裁缝的学徒,他不是英国人,他来自法国。他没有犯罪记录,他一向被认为是一名谨慎的公民;然而,我们正在寻找军服,而他恰好靠缝制和裁剪衣服为生,这不应仅仅是一个简单的巧合。我们逮捕了他,对他进行盘问。他坚持不住了,向我们交代了在这条线上的第二个联系人的名字和地址。

这第二人被称为"体育教练"。在压力之下,他给了我们"指导",尽管这些指导既不是体育方面的,也不是文化方面的,但却被证明是无价的。他给了我们一个在苏豪区罗米利大街的地址。当他说出这条街名的时候,很了解这条大街的警察意味深长地点了点头。住在那里的,是一个诨号为"恐惧",有毒品贩卖、暴力抢劫等三十多条罪名的惯犯。现在,大家终于情绪激动起来。

那天晚上,我们来到了罗米利大街一栋房子的三楼。我们按响了一户门铃,却没有人应答。我们去敲门,还是没有人应答。我们推门,门锁着。

"哦,现在只有一种办法了。"我说,"跟我来。"

对于身体结实、经验丰富的警察来说,强行打开门锁是一件轻而易举的事。只过了几秒钟,门就在警察们肩部、背部和脚部的持续给力下被撞开了,我们冲了进去。房间里静悄悄的,所有的东西都像是被人遗弃了,我们走进卧室,看到一个女人正在一张双人床上睡觉。从她的鼾声来看,很显然,她处于麻醉之中,好几个小时都会处于毒品的控制之下而毫无知觉。

一个便衣警察喃喃地说道:"我之前见过她,她是'恐惧'的情妇,一个臭名昭著的瘾君子。"

女人旁边的枕头上有一块明显的凹处,我悄悄地摸了一下这个毫无知觉的女人身旁的床褥,发现那一块仍然有余热——几分钟之前这儿肯定还睡有人,很可能是"恐惧"。我们蹑手蹑脚地进入肮脏的阁楼——里面没人。现在,我们只能尝试搜查最后一个地方——屋顶。

在那里我们找到了"恐惧",他正蜷缩在烟囱后面,穿着睡衣,瑟瑟发抖,一副可怜兮兮的样子。一看到我们,他就立刻投降了。像他这类人,当面临法律制裁的时候,他们只会让自己更加感到"恐惧",而不是让别人恐惧。

他穿衣服的时候,我们搜查了他的公寓。在他的公寓里,我们发现了大量的可卡因,还有一捆黄色小说,却没有发现军装和军人证。

当我在办公室提审"恐惧"时,我警告他,从他公寓里找到的东西足够让他在监狱里蹲好几年——如果他不和我们合作的话。他彻底投降了。他身上没有马吉斯前一天晚上所表现出来的黑社会的"守信"精神。一阵慌乱之后,他倒出了很多关键信息——我非常厌恶他,这个所谓的"大头目"为了能够逃脱法律制裁,甚至可以坦然出卖自己的母亲。"恐惧"告诉了我们谁是采购军装的头目,他们可以在哪里被找到,以及军装等在哪里可以进行交易。我给伦敦警察厅打了电话。天亮之前,所有的头目都安全地落入警察之手。如此兴旺的"产业"在毫无征兆的情况下突然"夭折"。

"恐惧"给出的所有信息之中,最令人感到"宽慰"的是这个令人惊叹的产业的目的——他们的背后并没有德国第五纵队的身影。我立即意识到,每个苏豪区的犯罪分子完全只会考虑个人的利益或者个人的安危。他们并没有向敌人出卖自己国家的狂热情绪,尽管他们经常在无意识中做这样的事。买卖军装的人只是想玩一个狡猾但却是鲁莽的把戏。热闹、嘈杂的苏豪区大街，就像是一座大城市里面与其他地方隔绝的村庄一样，经常会有便衣警察出现，但很少会有宪兵到访。到年龄的男子为了躲避征兵，愿意花大价钱买别人的军装和军人证。有了这些装备，他们便可以不参加效忠宣誓仪式、不进行身体检查、不在巴拉克广场进行军事训练却拥有军人身份。他们被发现的概率相当小。警察会寻找脱掉军装的逃兵和逃脱兵役的人，却不会怀疑那些穿着制服的"英雄"——因为很显然，这些"英雄"们正在享受带薪休假。

在这贩卖军装和军人证件的犯罪团伙被围剿之后，伦敦警察厅的特殊支队就开始采取行动，去逮捕成千上万的脱掉军装的逃兵，以及穿着军装的"冒充者"。这次行动得到了宪兵的支持，猎捕持续了几个月，取得了巨大的成功。

马吉斯被移交到加拿大当局之后，我再也没有见过他。服完刑役之后，马吉斯可以重新开始自己的生活，我毫不怀疑他会出类拔萃。他是一位勇敢的、足智多谋的人。他不是那种和平时期充当军队的"装饰"的人，在战争时期，他会成为你身边真正的战友。至于"恐惧"，他对我日后的工作来说也有很大的用处——当然那并不需要他有太大的勇气。他是个话痨子，他成了一个靠领赏过活的告密者，时不时地给我提供一些有用的情报。然而对他来说，道德之路是很窄的。我最后一次听到关于他的消息是，他又因为暴力抢劫服了四年的苦役。

考核特工

第一次世界大战期间，一个健康的年轻人如果没有穿着军装，任何一位女性都可能叫住他并递给他一支白色的羽毛——言外之意，为什么他不能上前线做贡献呢？难道他害怕参军吗？事实上，那些因为心智缺陷而脱下军装当逃兵的男性，或者看起来非常健壮却有着用肉眼难以看到的身体上的严重缺陷的男性常常遭到这样的来自公众的羞辱。

幸运的是，这样野蛮的风气在第二次世界大战期间不常见了。人们不再认为一个没穿军装的男性是一个潜在的胆小鬼。每个人，无论是军人还是平民，都处在战争中，当空袭和炸弹来临时，每个人都面临着死亡的危险。事实上，更令人感到不可理喻的是，许多生活在伦敦和其他大城市里的平民要比穿着军装在中东或者其他地方驻扎的士兵面临更大的死亡危险。但有句话叫"习俗难改"。那些有儿子正在服役的母亲们，每天都在承受着儿子可能被杀害的风险，她们自然会对在伦敦西区居住的那些奢侈的年轻人表示不满——因为他们没有参战。正如前文所述，确实也有一些逃脱兵役和擅离职守之辈，但总的来看，这样的人相当少。有一些年轻人居住在奢华的公寓里，过着慵懒的生活，有时他们会突然神秘地消失一段时间，但也可能他们永远都不会回来了，他们并不是战后人们所说的"游手好闲的人",而是——秘密特工。

我必须承认,我对这样的人无比钦佩。任何一个秘密特工,无论他是为了维护某个国家,还是为了反对某个国家,单是他的勇气,就值得人敬仰。和朋友在一起时表现出来勇敢是一回事;独自一人时表现出来勇敢是另一回事,因为每一位路人,甚或熟人都可能是出卖自己的人。每天无论是在醒着的时候还是睡觉的时候,都要下意识地保持警惕:以免在睡觉的时候,会用自己国家的语言说梦话,从而暴露了自己的身份。任何一位没有追随过秘密特工的人,或者没和他们一起长期生活过的人,是不会意识到秘密特工的神经会一直绷着,时刻处于紧张状态——他们永远不知道从后面走来的人是出于友谊拍他们的后背,还是仅以此作为逮捕他们的标准姿势。

那些为英国政府服务的秘密特工们都很年轻,而且身体素质过硬,他们曾经生活在伦敦西区那些奢华的环境之中,他们为执行任务而采用的到达目的地的方法一般而言是空降。当人们年过四十,肌肉就会变得僵硬,那就很难在漆黑的夜里进行空降,尤其是路面高低不平时,空降人员很可能会不愉快地跌一跤。很多特工都是外国人,他们可能会从天而降,回到自己的祖国,甚至是回到离他们家乡很近的地方。他们中的一些人做了脸部手术,没有朋友或者亲戚可以认出他们来。也有一些特工是英国人,但他们特别熟悉欧洲大陆,会说当地的语言,这样他们就可以冒充当地人。在他们准备执行任务之前,需要接受关于空降的严格训练,学习引爆等破坏课程。他们待在环境幽静的一个封闭的间谍学校接受训练,学习伪装的艺术、悄悄地暗杀一个人的各种方法、各种武器的使用、无线电操作、隐形墨水的用法等，学校还给他们看他们要去执行任务地方的照片，并讲解当地的一些风土人情。这类课对学生的身体和心理素质的要求都很高，只有通过各种测试的学生才被准许接受任务。学校的纪律是斯巴达式的：未来特工们永远不允许喝很多酒，也不允许有女朋友——对于一个间谍来说，浪漫是致命的，他们必须要学会控制住自己的情绪。

那些身体素质和心理素质经训练达到顶峰的年轻人会被派去执行危险任务。但是，尽管他们经过了严格的训练，他们的死亡率依然很高。一个血的教训是"英国尖刀"案例：许多英勇的年轻荷兰特工被盖世太保逮捕、审讯——他们的队伍中隐藏有叛徒。当然也有特工们是因为自己的错误而导致信息泄露的情形。无论怎样，特工们的死亡是令人沮丧的，这不仅意味着很多人很长时间的辛苦工作付诸东流，而且有关我们的一些重要信息也可能落入敌人手中；同时，这也让当局觉得当前的谍报工作不够有效。要求一个人承担十比一的风险是一回事，他至少有机会去渡过难关；如果机会是一百比一，甚至是一百比零，没有人敢让一个勇敢、聪明的，本可以为国家作出巨大贡献的人去执行这相当于自杀的任务。

当局认识到，那些已经获得抓间谍一手经验的反间谍情报人员，可以在我们的秘密特工开始危险的旅程前对他们展开一个测试。如果我们的间谍可以通过抓间谍专家设置的最艰难的测试，在以后的日子中，他就会更有信心通过盖世太保的审讯；如果他没有通过自己人给他设置的测试，这失败对他而言也不是致命的，相反还可以给他提供如何避免重复他错误的经验。在当局作出这个明智的决定之后，我被邀请对下一批即将离开英国的间谍们进行最严格的测试——我被要求要对间谍们展开我可以想到的最严厉的测试，要尽可能运用盖世太保所运用的方法，但不得对他们实行肉体酷刑。

几天之后，我的办公室来了三位年轻人。他们拥有良好的身体素质，显然，他们连最后一根头发都训练到了。他们的脸发光、健康、强壮，眼睛里闪烁着光芒。他们是三位非常优秀的年轻人，机警、聪明。

站在一旁的官员，很显然，他正为他的得意门生感到骄傲和自豪。

"他们什么时候走呢？"我问。

"后天。"他回答道。

"就现在这样子走吗？"

"对，就他们现在这样子。"

我再次看了看三位年轻人。他们的衣服非常整洁，一尘不染，既不新，也不破旧。他们看起来确实很像他们试图扮演的年轻的比利时商人。我走向离我最近的那一位，我把我的手插入他的衣领里，掏出他的领带。我翻过来一看，在领带背面缝着一个商店的标签，上面写着："伦敦，西一区，牛津街，百货商店。"

"把他们带走，"我对一旁已是垂头丧气的官员说，"没必要再问他们问题了。"

当我再次一个人坐在屋里的时候，我放松地躺在椅子上，点燃了一根雪茄。我想,毫无疑问,如果这样愚蠢的错误被允许的话,我们那些勇敢的人每天都是去送死。看起来,为了让这些年轻的特工们身体和心理素质达到顶峰,他们已进行了严酷的训练;然而最重要、最明显的地方却被忽略了。此刻,我悲伤地摇了摇头:浪费了多少金钱,断送了多少宝贵的生命!

六天之后,我接到任务,对另一个即将空降到比利时的年轻人进行测试。这一次他们吸取了上一次的经验教训——他身上没有任何可能出卖他的东西。

我让他简明扼要地说说他打算如何向盖世太保讲述他的经历。他是这么告诉我的:当德国人占领比利时之后,他逃到了法国南部,到达尼斯之后,他最终在一个花圃找到了工作。他作为一名花卉种植园的劳动者,在那里工作了有八个月。之后,当他听说比利时在德国人统治下的情况比先前料想的要好得多时,他决定回到布鲁塞尔。他还说,打个比方,他现在就在布鲁塞尔。

"关于你在花圃的工作,你能说点什么呢?"我用弗兰芒语问他。

"做工,先生。"

"让我看一下你的手。"他把手伸出来让我检查。他的指尖很柔软,手掌上没有坚硬的老茧,手指甲被护理得很好,没有开裂的地方,也没有被植物渗入颜色的地方。没有任何一个花卉种植园的劳动者,在工作了八个月之后依然可以保持一双像办公室工作人员般的手。

我叹了一口气,部分是出于怜悯,部分是出于愤怒。"现在，好吧，"我说，"跟我聊一下关于这个花圃的情况吧。你种什么花呢？"

"哦，玫瑰，还有……"他停顿了一下，"康乃馨。"接着他陷入了沉默。

"有没有倒挂金钟？"我问。

"没有，没有倒挂金钟。"

"天竺葵？"

"哦，是的，我们种天竺葵。"

"你们种天竺葵？！在地中海沿岸？！我亲爱的孩子，你应该是一名花卉种植的专家。记得吗？你在一个花卉种植园工作了八个月。我很好奇你是否真的了解了一些关于花卉的知识。回去告诉你的指导员，你在浪费时间，在用自己的生命去冒险。"

在这之后，我给训练秘密特工学校里的指导员介绍了"故事中的故事"的技巧，这在前文中已提到过。根据人性的特点，我们总是更可能相信一个能展示出讲故事者卑劣性一面的故事，而不是一个对他有利的故事；尤其是盖世太保的审讯员们，由于他们工作的性质，他们总是能看到人性中最差的一面，因而他们更容易接受有着人类弱点的供词。譬如，之前那位声称自己在花卉种植园工作的年轻人，如果拥有编造"故事中的故事"的技巧，那么当他的第一个故事不被人们相信，毫无疑问盖世太保会对他用酷刑，这时，他应该选择一个合适的时刻投降，说出下面这些话："看在上帝的分上停下来吧！我都会讲出来，我再也忍受不了了。我没有在尼斯度过八个月，而且我从来没有见过什么花卉种植园，我只在那里待了几天。我不是故意撒谎的，求你们放过我。我认识一个女人，她至少有五十岁，是一个可怕的老女人，头发染着鲜红色。她爱上了我，带我回家。几天之后，我再也不能忍受她了。她对我是一片真心，但她想要她的钱花得值得。您是个阅历丰富的人，您应该会明白的，我当时只是饥不择食，但我不想因为我的胃而和那个荒谬的女人分享一张床。于是几天之后，我离开了她，并卷走了她的钱和首饰——作为分别的礼物。几个星期以来，我一直在躲避警察的追捕，后来我贿赂了一个船夫，偷渡到了比利时。"

这样的故事对于盖世太保来说，可能要比诚实的故事更可信。从那以后，所有被派去执行秘密任务的特工，出发之前都要仔细地准备"故事中的故事"。毫无疑问，许多人的生命因此得以保全。

在所有接受我测试的男性和女性特工当中，只有一位用漫不经心的轻松态度，彻底通过了我的测试——他没有犯一点点错误，他是一个完美的间谍。他多次被派往被德国人占领的比利时，完成了很多项特殊的任务，而且他从来没被盖世太保发现，事实上，他——琼·杜福尔先生，没有引起他们的半点怀疑。

当我被告知琼·杜福尔先生要来见我时，我期待和往常一样会看到一位机智的、身体健壮的年轻人。当门打开的时候，我吃惊地瞪大眼睛，下巴差点掉了下来。一个军官走进来，带来了一位我只能称之为"一个人类的笑话"的人。眼前的这个

"生物"看起来像一个典型的白痴。他不仅是一位畸形人——他的脸蛋和下巴要比正常人的大三倍,他淡蓝色的眼睛还显得非常空洞,没有丝毫的理性之光。他的嘴唇松弛、湿润,口水从他的嘴角淌了出来。他斜瞅着我,朝我傻笑着,还爆发出一阵阵咯咯的笑声。

"这是什么意思?"我问,"来拖我后腿的吗?"

军官笑了。"我可以向您介绍一下琼·杜福尔先生吗?"他问道,"如果他通过了你的测试,他将会被派去为我们在法国和比利时的特工们送钱。"

"只要看他的样子,就不需要进行反间谍测试。"我评论道,"他更需要一个精神病专家。不过,好吧,我愿意为你服务。你们过来吧。"

我看向这位可怜兮兮的"傻子"。他咯咯地笑着,用他那短粗、肮脏的手指摸着我桌子上的墨水瓶,仿佛它是一件非常美丽、神奇的东西。接着他抬起头来朝我眨了下眼睛。一瞬间,他空洞的面孔闪现出一丝智慧的火花。

"你多大了,杜福尔?"我突然用弗兰德语问他。

"我多大了?"他咯咯地笑着,用手拍了拍我的肩膀,"我多大了?老兄,我怎么会知道?"他把头向后一扬,大笑起来。

我进一步问了他一些问题:他在哪儿出生的,他是怎么知道出生地的,他在哪儿住。"我?老兄,我不在任何地方住。"接着他又开启了"咯咯笑"模式,嘴角流着口水。

我大睁双眼,怒视着他。"快点说,别想愚弄我,你一定

有住的地方！"我厉声说。

他不为所动，继续咯咯地笑着，还发出了嘶嘶声："我主要住在大街上——比利时主要的街道上，住在田野里和树林中——住在柴草堆上。"

"你爸爸是以什么为生的？"

他用手挠了一下油腻的头发，笑声更高了，他喷出的口水溅在了我的桌子上和我的身上："这个问题很好，老兄。我的父亲——他是一个疯子，一个发疯的人……"

这个发狂的人说自己的父亲是个疯子，看来他的父亲也一定是个可悲的人。"为什么？"我坚持我的问题。

"为什么？因为那个老家伙工作呢！"

"你不想工作吗？"

他扬起那张丑陋的下巴，十分肯定地说："我工作？为什么我要工作？我大多数时间都睡在田野里。我吃的要比一只鸭子好。如果我看到了农场，如果农场周围没有农民的话，我就有免费的牛奶喝了。母鸡也很友好，你只要在它们的脖子上捏一把，把它们拎到锅里，这就是你的晚餐。"他拍了拍他的肚子，似乎想起了过去在户外吃的那些免费的晚餐。

他的那些简单的快乐是具有感染力的。我发现我自己也笑了。我问他有没有上过学——当然，他从没有上过学，但是他一本正经地补充道，他可以写自己的名字。

"让我看一看你写的名字。"

他小心翼翼地拿起了我的钢笔，仿佛它会咬人似的，然后他挽起了粗糙的袖口，那模样就像一位小提琴手准备攻克贝多芬协奏曲一样。他趴在纸上,头歪到一边,伸出了舌头。他先是把笔在空中挥舞了一下,然后在纸上歪歪扭扭地写下了一个"X"。"就是这。"他带着胜利的口吻说,"琼·杜福尔为您服务。"

我又把他留了一个多小时,最后,我不得不承认我被他打败了——我从他那里没有套出超过三个有用的词。

"把他带走吧。"我对他的推荐人说,"你什么时候把他送到比利时都行。盖世太保永远都不可能打败他。在他们打败他之前,他将会把他们逼疯。比利时警方即使抓他无数次,最后也得放他离开,每个警察看到他走近的时候,都会转身狂跑。他会成为整个警察局的诅咒。他是一个天才!"

情报官员咧嘴一笑:"他马上就要上路了。他现在已经让伦敦警察足够头疼了。本来我们想让他住在埃奇韦尔路的一个干净利落的公寓里,但是他说那儿不适合他,每天晚上他都要去海德公园,睡在草地上。"

他们离开了我的办公室。杜福尔临走前草草地朝我一笑——这是他给我的最后一个憨笑。此后,我抱着极大的兴趣一直在关注着他随后的职业生涯。他第一次空降到比利时是为了给我们在布鲁塞尔的特工带去四百英镑。距空降不到四十八小时,传来了消息,"完成任务"。此后,他一次次地被空降,一次次地圆满完成任务。他从未爽约,无论交接地点离盖世太保的警察有多近。他给在比利时的特工们带去了几千英镑,从没有丢失过一分钱。

这个看起来像是白痴、小偷兼流浪汉的文盲却是个最完美的秘密特工,他具有先天优势;而那些拥有过人智慧和强壮身体的人们却更多地面临失败命运。

这个看起来又丑又憨的人成为英国特勤局的宝贝。

我很想再见到他。我想,他可以吃到伦敦最好的鸡肉——会有人为他买单,他再不用去偷了!

耐心是美德

I

虽然德国人失算过，但不容置疑，他们有着追求完美的品性和优异的组织能力。在法国陷落以及荷兰被攻陷前的几个慌乱的月份里，成千上万的难民在混乱中试图逃到英国。有些人在晚上坐船离开挪威和布列塔尼锯齿状的海岸线。有些人走陆路，他们向南行进到达比利牛斯山脉，然后越过边境到达西班牙。如果他们可以躲过弗朗哥的警察，他们将最终抵达葡萄牙，然后在里斯本等待当局核发通行证。

当盖世太保和德国警察封锁了海岸线，并沿着长达上千里的海岸开始军事巡逻后，逃出来的难民就很少了。因为逃亡不仅仅需要极大的勇气、高超的航海技术，还需要很好的"运气"。在海峡上空巡逻的侦察机，轻易就能发现载满难民的船，飞机一个俯冲，机枪一阵扫射，难民们连逃生的机会都没有。此外，还有大型的巡逻艇在海上巡逻，无论是舢板还是小型帆船都无法轻易避开。如果难民被俘获，那么等待他们的便是集体溺水而亡，或者被押送到集中营长期监禁。因而在1941年到1942年期间抵达英国的难民要比敦刻尔克战役后的六个月内抵达的难民少许多。

但德国人很快就意识到，阻止被占领地的居民逃向英国，也意味着把自己孤立了起来——无法获得有关英国的消息了。如果一个人把自己关起来，外面的世界确实无法获取他的信息，但同时他也无法知道外面的世界发生了什么。可德国人迫切地需要关于英国的消息，比如在敦刻尔克的重创之后，英国的恢复情况，军队部署、组织，以及他们重回欧洲大陆的计划。空中侦查所得图像是信息的来源之一，但是它并不全面，还需要了解情况的人予以确认。

德国人想到了解决这个问题的办法。当他们得知又有人想要逃到英国时，他们没有逮捕这些人，而是设法往这些难民之中安插间谍，甚至让间谍给这些人提供资金帮助，以便让逃亡计划顺利实施。在一群真正的难民之中，他们安排了一名间谍——或者用他们在关于战争的官方声明中用到的粗鲁的不合语法规则的那个词——逃跑者。若让"逃跑者"独自一人抵达英国，自然比现在这样看起来显眼。一个主要的事实是，他的同伴，显然，都是真实的，这便使得没人怀疑他，因为他同样也为逃跑作出了贡献，同时他也面临着他们共同需要面对的危险。这样，他的同伴都会乐于为他做证。

在德国人看来，这样解决问题还有另外一个好处。一个混入来自各个国家的难民中的熟悉情况的间谍，抵达里斯本不需要花很长时间，但他却需要排队等候他的签证；之后再等待每次只能搭载很少一部分难民的船只——难民们都在翘首以盼。这样的间谍不能"插队"，不能找关系来提前出发，以避免引起他人的注意。间谍们所能做的只是耐心地等待机会，直到最后抵达英国。一个从里斯本出发的间谍，一般需要几个月才能抵达英国。但即便他能够通过反间谍工作人员的审讯，他的任务、他需要报告的情况，也可能完全过时了。如果他不能及时获得新的指令——即使是在最有利的时候，这都不是一件简单的事——那么他冒着被砍头的危险就毫无意义。而坐船通过海峡到达英国最多只需要花费几天的时间。顺利通过反间谍人员检查的德国间谍，可以立即投入工作而没有丝毫延误。

从德国的角度来说，这不失为一个很好的谋划。虽说能够成功通过审讯的间谍并不多，但德国人认为有些牺牲是不可避免的。

英国人也很快意识到，最新的消息来自那些坐船逃来的难民。对这些逃亡者的最初审讯是由皇家空军情报官员承担的。任何有作战价值的消息都会被立即报送给轰炸机和战斗机指挥部，这样就可以根据此消息立即采取行动。这些消息很多是最新的，甚至是发生在昨天的关于军队驻扎或生产特殊作战工具的秘密工厂的，或者是在一些隐蔽的地方召开的有一些高级官员参加的军事会议等消息。很显然，将这些信息及时传送给英国皇家空军是非常有益的。

英国皇家空军的情报机构官员在工作方面都是一流的，但大家一定也明白，他们的工作任务不包括抓间谍。他们经常去搜集有关空军的重要情报，但有关国家安全方面的事务他们还是交给反间谍情报机构去做。而反间谍情报机构的官员则必须对从皇家空军手中获得的难民"过筛"。

1942年早春的一个清晨，我在皇家维多利亚爱国学校工作时，电话响了起来，是皇家空军情报机构的一位官员找我，他是我的一个熟人，但此时我听出他一点都不高兴。他告诉我，他刚对三名荷兰人进行了审讯——他们刚刚才乘坐小船抵达英国的东南海岸。其中两人通过了审讯，但第三个人看起来好像是疯了，或者至少可以说，他由于逃到了安全的地方而高兴得歇斯底里，变得不正常了。前一刻他会流下宽慰的眼泪，下一刻他会大喊大叫，疯狂地唱着歌颂上帝的歌曲。除了弄清他是一个荷兰人以及他的名字好像是敦克尔外，审讯者无法从他那里得到其他的信息。他问我："愿意接手吗？"

我回答："好的。"

几个小时之后，敦克尔先生被带到了我的房间。他又高又瘦，颧骨上的皮肤绷得很紧，仿佛要绷破了一般。他有一头银白色的头发，有一双黑色的、明亮的眼睛。他的穿着打扮略显严肃，使他看起来像一位性格温和的官员——或许有点高傲，却依然有着自尊自爱和诚实的品质。皇家空军情报机构的官员没有夸张，敦克尔先生，很显然，精神处于亢奋状态。他在我的房间里疯狂地乱转，挥舞着他的手臂，还到处乱跳，用他哑着的嗓子唱一首古老的荷兰爱国歌曲。他狂热地拥抱我，一直摇我的手，直到我的胳膊感到疼痛。当他不唱歌时，他又开始胡言乱语地赞美上帝，说上帝正在监视着他的一举一动。

我试图让他平静下来，然而当我刚祝贺他成功逃脱时，他又变得失控了。看到这样一个上了些年纪的平日里生活该当优渥的人如此发疯、失控，真让人浑身紧张。我意识到他一定是到了歇斯底里的地步。我严厉地对他说："现在看着我！

你很高兴你现在安全了,我们也为你高兴;但你现在的表演很幼稚,甚至谈不上幼稚——而是很自私。想想你的那些不太幸运的没能逃脱纳粹魔爪的同胞吧!所以,请你安静下来。告诉我,你是怎么从荷兰逃脱的。你的方法也许可以用来帮助更多想要逃跑的荷兰人。控制好你的情绪,平静下来。你听到了没有?"

他点了点头,渐渐地,他设法控制好了自己的情绪,温顺地坐在我桌子对面的椅子上——在极度震惊的情况下,也可能出现这种奇怪而突然的逆转。当他讲述他逃跑的故事时,他几乎没有激动过。

他说,他已经结婚二十五年了。他们没有孩子,他和他的妻子住在海牙的一个小公寓里。他是一位邮务员,当然,这样卑微的工作工资很低。他和他的妻子靠精打细算、勤俭节约才勉强度日。他们从未过过奢侈的生活。1940年,荷兰被纳粹德国占领,他们的情况变得更加糟糕了。物价上涨,衣服和食品变得很难买到。如果说,之前的日子像是服苦役,那么现在的生活就成了噩梦。他的妻子日渐消瘦。绝望之下,为了他的妻子——他承认这点的时候,脸红了——他开始从事黑市交易。这是非法的,可他没有其他办法;但他不久便发现他逐步成功了,他再也不缺钱了,不仅不缺,还开始从贫困之中走了出来,走向了富裕。

但他也是一个谨慎的人,他意识到这样的暴富不会持续多久。他知道,总有一天麻烦会找上门来。然而几个礼拜的风平浪静,钱财不断地涌入,又让他把这些恐惧抛在了脑后。但是突然，灾难降临了。1月份的一个晚上，一个朋友暗示他，盖世太保正在找他——他们正在围捕荷兰黑市的运营者，他们认为黑市交易威胁到了纳粹统治。敦克尔先生可能被发现了，也可能被出卖了；无论如何，盖世太保正在追踪他。

被盖世太保抓住的黑市运营者们都将面临死刑，他和他的妻子知道这一点。他的朋友告诉他，出路只有一条。如果他待在荷兰，盖世太保一定能找到他，这只是一个时间问题，所以他必须逃到英格兰。和妻子讨论之后，妻子同意他离开。盖世太保伤害他妻子的可能性很小，因为他的黑市交易从未在家中进行；何况那个时候盖世太保在荷兰的行动还算守规矩，他们不会对无辜的妻子怎么样的。

这个朋友还建议敦克尔先生前往鹿特丹著名的"亚特兰大咖啡馆"去寻找可以帮助他逃跑的人。

听到这儿，我点了点头。我记得"亚特兰大咖啡馆"。

敦克尔继续着他的讲述。尽管他讲得毫无头绪，有时候还很不连贯，但是最终还是给我呈现出了一个脉络清晰的故事。他第二天去了鹿特丹，走进了那家咖啡馆。他运气很好，和一个叫作汉斯的人攀谈了起来。他告诉了汉斯他的秘密——盖世太保正在追捕他，他无比绝望地来到鹿特丹，希望找到一艘可以载着他前往英国的船只。

汉斯咧嘴笑着，露出了牙齿，他告诉敦克尔很难找到比自己更合适的人了。原来汉斯受雇于一位负责港口船舶汽油分配的鹿特丹商人，这位商人拥有一艘很适合航海的船。看到敦克尔遇到了麻烦，也为了战胜凶狠残忍的盖世太保们，汉斯决定把这只船卖给敦克尔。和其他精明的荷兰商人一样,他们讨价还价了半天,最后达成了协议,价格为四十英镑。这是敦克尔先生能支付起的最高价。

  他们制定了一个简单的计划。为了去英国的这趟行程,汉斯得弄到足够的汽油。他这样做不会有任何麻烦,因为他总可以在不引起其他人怀疑的情况下拿到汽油。敦克尔被偷偷带到船上,藏在船舱里。汉斯开着船通过德军的检查,渡过水闸。德国的哨兵跟汉斯很熟,经常看他往返出入;而且汉斯还有一张特别的通行证,可以让他顺利地进出港口。船只要离开港口,汉斯就可以在任一个地点上岸,然后由敦克尔一个人驾船前往英国。如果他一直向西航行,一定会抵达英国。

  "这就是我们的计划。"敦克尔先生说,"感谢上帝,这个计划成功了!但这之前还是发生了一些状况,把我吓坏了。我有一个年轻的朋友,他特别急切地渴望去英国,最终我同意带他一起去。但他又介绍来一位同样迫不及待地渴望去英国的朋友,我不喜欢这第三个人,但我最后还是同意了。

  "这就是我们怎么到的这里。我们三个人挤在散发着臭味的潮湿、狭窄的船舱里。从解开缆绳开始到现在,我们似乎已度过了一生。当我们屏住呼吸通过水闸的时候——那仿佛是一个世纪——我们在船舱里听到汉斯在船头和德国哨兵说笑,接着引擎的声音越来越大,我们感到船开始加速,有些摇晃,最后终于来在公海。

  "当船靠近荷兰角的时候,汉斯上了岸。我付给他之前说好的四十英镑,我从心底里感谢他。无论如何,他拯救了我。

四十英镑是不足以偿还这样的恩情的。"

我点了点头,点燃了一支雪茄烟。

敦克尔再次变得情绪化,他哽咽起来,眼里全是泪水。"我再没有什么可告诉您的了,先生。"他继续道,"我想和您说,那之后的航行并不是那么容易的。我并不擅长航海,其他两位也是。我们遇到的第一件危险事就是把船搁浅在一处沙滩上了。我们花了好几个小时才让船再次入水,德国人的探照灯一直搜索着海面,"他的手从一边比画到了另一边,"还扫过了我们的船被困住的那片沙滩。我们没有被发现真是一个奇迹……"

他深深地吸了一口气,又重重地叹息了一声。接着,他又狂喜起来,手舞足蹈地大喊道:"我要感谢上帝,一切都结束了!现在我在这里,我安然无恙地抵达了英国!我的麻烦结束了!"

我把雪茄烟在烟灰缸里掐灭。"敦克尔,"我说,"我怀疑,你真正的麻烦才刚刚开始。"

II

好长时间我们都沉默了。他坐下来,瞪着我,我也瞪着他。

"对不起,先生。"终于,他开口说,"我一定听错了。"

"没有,敦克尔。"我接着说道,"我说得很清楚,依我看来，你的麻烦不会结束了。你刚才告诉了我一个非常有趣的故事，这让我想起了美国的著名作家埃德加·爱伦·坡写的作品。如果你看过的话，你一定会记得那本书叫《神秘幻想故事集》。你的故事和作家的故事何其相似！你的故事很神秘，我想，它是你幻想出来的，用简单的话来说——我觉得是你编造的。现在，告诉我真相怎么样？"

他再一次盯着我看，然后伸出舌头舔了舔干裂的嘴唇，下一秒，他脸上显现的茫然无措的震惊样又被愤怒的表情所替换。

"对不起，先生，您在指控我撒谎吗？这是一个可恶的指控，我被严重地侮辱了！"

我向前探着身子："告诉我，敦克尔，你的朋友汉斯为什么要自杀呢？"

他眨了眨眼睛："自杀？您是什么意思？"

"那位鹿特丹的商人——拥有船的那位，他现在一定没有船了，你怎么看这件事呢？德国的哨兵同意汉斯把船开出港口，现在汉斯回来了，船却不见了，这不是很奇怪吗？在战争期间，一个商人是不会平白弄丢一条好船的，何况这船根本就不能再找到。他一定会把汉斯带到盖世太保面前——汉斯又会和盖世太保们讲什么样的故事，才能够让他们满意呢？只要盖世太保愿意，他们是可以很残酷的。"

敦克尔再一次瞪着我。

我继续说道："你难道没有想到，或者说汉斯他自己有没有想到，他这样做实际上相当于自杀。一切仅仅只是为了那区区四十英镑吗?"

敦克尔摇了摇头,他眼里噙着泪水。"好吧,上帝。"他喃喃道,"我们没有想到这些。"

"另外,"我说道,"一个要去鹿特丹找一艘可以秘密载他去英国的船的人,是永远不会走进那个没有被炸平的唯一一家奢华的咖啡店的。现在说说,为什么你要去那里呢?你去了鹿特丹唯一一家你不可能遇到任何水手的咖啡厅。为什么你不去港口边的酒吧?在那儿有很多水手。"

敦克尔表现出一副顺从的样子:"无论你相信还是不相信我,先生,我讲的都是事实。"

"是吗?真相也许会很离奇,但是你讲的超出了人们理解的范围。你如何解释在这家豪华、拥挤的咖啡馆里碰巧遇到的一个人——这个人可能只是刚到荷兰,却是一个可以帮助你的人呢?把你的故事向一位完全陌生的人全盘托出,你不是冒了很大的危险吗?他很有可能是盖世太保的密探,不是吗?另外,无论如何,像汉斯这么聪明的人怎么可能仅仅为了这区区四十英镑而去冒蹲监狱、受酷刑,甚至死亡的危险呢?给我这些问题一个合理的解释,或许我会相信你。"

敦克尔叹了一口气:"我只能再说一遍,我告诉你的全部都是事实。"

我摇了摇头:"敦克尔,我知道你究竟是一个什么样的人——一个骗子。我甚至知道是谁派你做这个差事的,德国安全情报部门的斯特劳赫先生,是不是他?我给你二十四小时好好考虑一下,明天的这个时候,你再过来见我——也许那个时候你会告诉我真相。"

"我已经告诉您真相了,先生。"

我叫来警卫,让他们把敦克尔押走。我对不肯认输的对手总是有着一丝敬意,他要比我一开始想的更难打败。他如此坚持自己的说法,一时间我甚至在想,也许他的故事是真的。然而我很快打消了这个想法,他是一名间谍,我终会让他承认这一点。

就在他要离开屋子的时候,他又向我"开了一枪",他说他会给身处最高层的领导们写信,告诉他们这里有一位希姆莱[1]官员。(他确实写了这些信,一封是寄给女王威廉敏娜的,一封是写给英国国王的,一封是给温斯顿·丘吉尔先生的,但是它们都没有被投递。)

他身后的门被关上的时候,我靠在椅子上点燃了另一支雪茄烟。我脑海里反复播放着他的故事,我更加确定,他对我讲述了一系列的谎言——他是一名间谍。我决定要让他亲口承认,但我没有想到,为此我需要在十三天的日日夜夜里进行无间断的漫长工作。

Ⅲ

在前文中,我强调了检查所有难民随身携带的物件的重要性。比如,狄莫曼斯的案件,要不是从他的钱包里找到了三个

---

[1] 希姆莱,指海因里希·希姆莱,盖世太保头子。

至关重要的证据,他永远不会被判定为间谍。根据我的经验,每个间谍都会随身携带,或者在他的行李里携带那些可以据此把他定罪的证据,这些证据可能是一些看起来无关紧要的物件——只有受过专业训练的人员才能识别出来。一个间谍必须完成两项任务。首先他必须获取到他需要的信息,接着他要把这些信息传送出去。要完成这两方面的工作,他总是需要记备忘录:或者是包含所需要信息的便条,或者是他传送信息的地址。通常情况下,一个间谍会同时有记录这两种信息的便条。当然,他也可能随身携带一些工具,比如微型相机。

如果一个间谍拥有足够的决心和坚强的意志,又受到过很好的训练,那么任何审讯对他都将是徒劳的;或许只有肉体上的刑罚才能使审讯者达到最终的目的。但就像我之前解释的那样,英国的反间谍机构不采用肉体刑罚。

于是,我和敦克尔先生的审讯故事日复一日上演。每天,我都让他一遍又一遍地讲他的故事,每次我都要指出他故事中的巨大漏洞,反复问他同样的问题。同样,他也会像报时表一般给我那一成不变的答案:"我已经告诉您事实了,先生。"

白天我太忙了,我还有其他案子要办,抽不出时间来检查他随身携带的物件。于是每天晚上,我都要带他的一些物件回我的切西尔公寓。晚餐之后,外面经常有空袭警报鸣叫,有时候会有炸弹在我附近的区域爆炸,而我为了案子,只有认真去检查他的物件,有时我会一直工作到凌晨。在强光下,我把他的那些物件平放在一张清空的桌子上,一件一件地进行检查。

首先是一块有表链的银表。我在显微镜下检查表链的每一

处连接处，然而却没有发现任何可以治他罪的证据。我把表拆开，仔细检查表的里面和外面，检查齿轮是否有划痕，取下了主要的弹簧，用显微镜检查每一颗配饰。我没有发现什么。

下一个物件是一把小折刀。我在刀把上花费了很长时间，还研究了刀面，一毫米一毫米地仔细检查。我从刀把上卸下了刀，拔出每一个螺丝钉，但我还是什么都没有发现。

下一个物件是一包很便宜的荷兰香烟——"北国"。我掰开每一支香烟的烟嘴，检查蜡光纸上是否有用隐形墨水写的字，之后检查烟丝。我里里外外地检查被揉皱了的烟盒，却依然什么都没有发现。我打了个哈欠，揉了揉眼睛，决定暂时停止检查，这样我就可以有几个小时的睡眠时间了。

第二天，对处于愠怒之中的、容易发脾气的敦克尔的审讯依然是毫无结果，于是我决定尝试换一种方法。和他一起出逃的还有两个人，尽管他们看起来也很奇怪，但他们都被证实是真实的逃亡者。其中一位是海牙的邮递员，也就是说，他是敦克尔的同事。他是一个削瘦、脆弱的小家伙，一直抽着鼻涕，很可能患有慢性鼻炎，也可能是肺结核。尽管他身材很瘦小，但他内心深处却燃烧着明亮的火焰——他迫切地想成为自由荷兰军队的志愿者。另一位逃亡者是马来西亚和荷兰的混血儿，虽然他说话夸张，有时候或者游离在撒谎的边缘，或者已经跨过了撒谎的界限，但我们最后还是认定他没有任何危险。

我将那个喜欢喋喋不休的混血儿和敦克尔一起传唤到我的办公室。我找了一个借口离开，然后赶忙来到走廊对面的指挥官的房间，通过藏在白色灯罩下的窃听器听他们的谈话。混血儿滔滔不绝地说着，而敦克尔只用简单的单音节词或者咕哝声来回应——这都不能作为可以治罪的证据。听了将近十分钟，我意识到无法通过这个方法获得任何信息，于是我回到了办公室。让混血儿出去之后，我继续对敦克尔进行审讯，但是依然没有任何进展。无论我说什么，或者问他什么问题，他都要单调地重复那句话："我已经告诉您事实了，先生。"

就这样，几天几夜过去了，无论是白天对敦克尔本人的审讯，还是晚上对他物件进行的检查，都没有任何结果。现在，我继续检查敦克尔随身携带的纸张和地图。我在火炉边花了好几个小时仔细查看每一张纸片，耐心地在显微镜下用特殊的化学试剂检查纸片的每一面。我点燃了一支烟，又喝了一杯咖啡——我在想，我是不是一直都在毫无目的地浪费时间？难道是敦克尔的过度反应，让我对他产生了偏见？如果敦克尔是无辜的，我岂不是在搜索不存在的证据吗？我之前经常警告我的下属们，不要被印象所迷惑，也不要让直觉把我们带偏，难不成我自己却犯了这样的错误吗？

第二天早上，我再一次传唤了敦克尔。我指斥他是一名间谍，背叛了自己的国家。而他对此的唯一答复就是我每次看到或者想到他时都会在我耳边响起的那句话。

"我已经告诉您事实了，先生。"他用一种疲惫的、顺从的语调回答我，大概就像我厌倦了他一样，他也很厌倦我了。也许，他说的是真的。

"现在，看这里，敦克尔，你坚持你的说法，我佩服你的固执；但你不会真的觉得这种固执会使你赢得自由吧？你难道没有意识到,你永远不能从这里活着出去吗?你是一个间谍,我知道你是一个间谍。虽然我审问你的时间要远长于你回答问题的时间,但很快你就会如实交代的。那么你为什么要延长痛苦呢?你为什么不尽早承认你是一个间谍的事实以结束这一次次的讯问呢?"

屋里陷入了短暂的沉寂,只可以听到外面走廊里传来的脚步声以及从克拉珀姆大街传来的遥远的汽车轰鸣声。敦克尔缓慢地站了起来,直直地盯着我。他举起一只手,食指向上指着天花板——尽管我极力地控制着情绪,但我仍可以感觉到我的肌肉由于激动而绷紧了——难道这就是我一直等待的突破口吗?

"先生,"敦克尔毫无表情地说,"以我信仰的上帝的名义,以及以我在天堂安息的父亲的名义,我郑重发誓,我对我的国家和奥拉涅王室是忠诚的。我不是一名间谍。"

我的肌肉松弛了,我向后靠在椅子里,我什么都说不出来了。

突然,敦克尔坐了下来,开始失声痛哭,有一刻钟左右的时间,他的肩膀抽搐着,后来他又呜咽起来。我坐在那儿看着他,直到他渐渐地恢复平静。

"无论怎样,敦克尔,你是一名间谍,我将确凿无疑地证明这一点。"

IV

在第十二天的晚上,我开始检查敦克尔的最后物件了。这是一本笨重的克莱默荷兰语—英语字典。这本字典的封面和衬页已经被咸咸的海水打湿过了。在这有着七百页的字典里的某一处应该隐藏着关于敦克尔案例的线索——否则的话，我便是浪费两周的时间试图给一个无辜的人治罪。桌子上，字典的旁边是一个很大的烟灰缸，里面高垒着烟头，最上边的烟头都快要掉下来了。窗外时不时传来可恶的空袭声、高射炮的尖锐的叫声，以及炸弹的尖叫声和爆炸声。

　　我又点燃了一支雪茄，喝了一口苦咖啡，开始检查字典封面，拆开装订线，劈开书脊，没有发现任何可疑之处。现在只剩下一件事可做了：用显微镜仔细检查这本密密麻麻字典上面的每一个字、每一行话——这本字典一共有七百页。

　　然而我仍然开始了这项烦琐的令人疲劳的工作。几个小时过去了，我一页一页地翻着。宵禁时间到了，我关掉了灯，闭上疼痛的眼睛略休息了一会儿，然后站起身来拉上了隔光窗帘。外面燃烧的火焰以及即将到来的黎明使天空略呈红色。一位民防队长手里拿着一个头盔路过我的窗前，他全身的每一个部位都在述说着疲惫。他的脸被烟火熏黑了，看上去满是污垢。我喝了一杯冰水，然后继续检查这部字典。

　　一页又一页，我什么都没有发现。我现在已经检查了这本字典的一半了，每当我打开下一页，将显微镜在这页上调试好时，我知道，证明敦克尔有罪的机会又少了一个。

　　就在这样想时，我检查到了第四百三十二页——我一下子靠在了椅子上，松了一口气。终于有线索了——在大写的字母"F"下面有一处很小的针刺记号。我的耐心终于有成效了，我敢肯定，在没有检查到的部分里，一定也有类似的针刺记号。事实果然如我所料。我草草地用铅笔把它们记录下来——幸运的是，它们是按着合适的顺序排列的，否则我就又有了棘手的谜团需要解决了——它们组成了敦克尔一直在设法保护的用于传递信息的地址。第一个地址在斯德哥尔摩：Froken Annette Yschale，Grev magnigatan，13-V（弗洛金·安妮特·雅克黑尔，格雷夫·马格尼塔坦，13-V）。第二个地址在里斯本：Fernando Laurero，Rua Souza Martin（费尔南多·劳雷罗，鲁阿·索扎·马丁）。

已经是第十三天了，我终于迎来了成功。我松了一口气，然而，或许是由于一直以来拼命地工作，达成目标之后，情绪上反而进入低潮，我居然感到一阵失落。我赶紧补充了几个小时的睡眠。

回到皇家维多利亚爱国学校后，我传唤了敦克尔。当他进入房间时，我仿佛是第一次注意到，他看起来那么苍老，佝偻着背。他轻软地坐在我办公桌对面的柳条椅上，无精打采地看着我。很显然，他和我一样，对我们每天的见面感到厌倦了；但他又和我不一样，今天他显然没有意识到，这将是我们的最后一次见面。

我从口袋里拿出一张纸，上面写着敦克尔的两个"联系方式"。我把它放在桌子上，展开它，在抚平折痕。

"敦克尔，"我说，"第一百次问你，你承认你是一名间谍吗？"

他立刻启动回应程序，仿佛我的问话触动了按钮："我已经告诉了您事实,先生。"

我把那张将被他诅咒的纸翻转过来拿给他看,这样他就可以读到上面的内容。在安静的房间里,我的声音小得就像低语:"敦克尔,你是一个荷兰人,但是你将作为一个叛徒而接受绞刑。读读这两行字,现在,你承认你是一名间谍了吧?"

就这么结束了,敦克尔意识到游戏结束了。他的顽强抗拒在一瞬间被瓦解。他被打败了,他彻底地坦白了一切。是的,他是一名间谍。他确实是由斯特鲁赫先生派来的。斯特鲁赫先生是德国特勤局的支柱,经常光顾鹿特丹亚特兰大的咖啡馆。汉斯当然与德国人是一伙的,同船的其他人是无辜的,他们得以同行只是德国人为了以此证明敦克尔故事的真实性。

很快,一个速记员被叫来记录敦克尔的供词。虽然这供述讲得前言不搭后语,但其实,只需要几个关键的点就可以揭示所有肮脏的细节。几分钟之后,供词就被打印出来,敦克尔签了字。这个案子完结了。从工作角度讲,我对他再没有其他兴趣了;但是从个人角度讲,我很想知道,是什么驱使这名小官员——一个典型的,还算体面的资产阶级成为叛徒的。

"告诉我,敦克尔,是什么促使你成为间谍的?是什么让你这样忠诚的人对自己的国家犯下如此难以启齿的罪行?"

他坐在那里,看起来既不幸又可怜。所有的抗拒都消失了,他缓慢地不很连贯地给我讲述了他的故事。我听着这个故事,感觉内心也被触动了,我甚至有些怜悯他。这个男人一生都在东拼西凑地过日子,头发渐渐变白,身体日渐地消瘦,却从未享受过生活中美好的东西。而他做的这一切,只是为了他的妻子，这令他看起来好像是无私，甚至是高尚的。他确实卷入了黑市活动，但他并没有获得之前他所说的那种成功。他最终陷入彻头彻尾的贫困，他自己可以忍受这些，但他不忍心看到妻子受苦。他最终决定去做一名德国间谍，以此为最后的一搏。盖世太保向敦克尔保证，每月会给他妻子支付十五英镑，等他回来的时候，还会给他提供一份年收入为二百英镑的工作——如果他可以回来的话。还有一点，他必须自己回来，他们不提供任何帮助。这是一个很好的交易——从德国人的角度来看。

于是，他就到了这里。现在距离他从荷兰出发开始这项差事只有两周时间。他和我说，为了他的妻子他愿意冒任何危险。这是十三天以来，我第一次相信他的话。

V

1942年11月13日、16日、17日，他出现在中央刑事法院的韦尔特斯利法官面前，被判处死刑。

12月14日，敦克尔提起申诉。上诉是由首席大法官审理的，上述被驳回。

1943年的新年，敦克尔在旺兹沃思监狱被处以绞刑。

不要说死亡

I

在诺曼底登陆之后,我和六位负责安全工作的人员被派往欧洲大陆。我作为荷兰反间谍特派团的负责人,隶属于欧洲盟国远征军的最高统帅部。我们的任务是与英国安全部门共同完成"清理"工作,确保盟军后方通信线路的安全性。当时的盟军已经成功突破诺曼底,并浩浩荡荡地从法国、比利时进入荷兰。

对于一个即将过五十五岁生日的人来说,这项工作实在不简单。每天跟随大部队,不仅饮食不规律,乘坐卡车沿着崎岖、布满碎石的道路颠簸,而且只有在机会合适的时候才能在不脱衣服的情况下争取睡几个小时——真的是非常艰难。我不想读者指责我是假英雄,或者说我自怜,因为比起那些前方的作战部队,我所面临的困难是微不足道的,他们的生活条件要比我们的艰苦,遇到的危险要比我们的多。虽然我已经不再年轻,已经失去年轻人所拥有的无价的优势——身体和精神的恢复能力——假如一名年轻人,精疲力竭之后,只需休息几个小时,身体和精神就可以恢复;但我相信,我依然可以继续前进以完成任务。

我们有太多的工作要去做，即使一天有二十四小时乘以二的时间都不够用。在每一座光复的城镇，都有对这个或者那个小官员是通敌者的指控，甚至还有反指控。每一个想要清算旧账的人都会提出指控，这些指控有时竟是针对商业对手的。但所有的这些指控都必须进行审理，进行审讯。真相，或者近似事实的真相，迟早都会被弄清，但是却要占用许多宝贵的时间。与此同时，久拖未决的案子堆积如山。阴险狡诈的德国人表面上投降了，却在暗地里留下了很多破坏者和间谍，他们要么炸毁桥梁，要么炸毁兵工厂，或者搜集有关盟军前进进度以及盟军作战命令的相关情报。这些人，无论是男人还是女人，都必须将其清除。此外，让我感到兴奋的是，我还处理了一件我的职业生涯中最大的案子，这让我的神经再次绷紧起来。在下文中，我将给大家介绍这个案子。

但更让我烦恼的是，我亲自挑选的六名安全官员开始上演《十个小黑人》[1]的故事——最后，他们一个都没有留下来。美军方面急需受过特殊训练的安全官员，就向我借了两名。我和他们说再见的时候，我知道再也不会见着他们了。事实上，一直到战争结束，我都没有再见到他们。这之后，我又被命令"借"两名安全人员给英国军方，这又是一次"致敬与告别"。最后，加拿大军方要走了我最后两名情报官员。尽管我一次次试图给上级施加压力，希望他们能回归，但没有成功。于是，我不得不独自一人承担起之前我们七个人都很难完成的

---

1 《十个小黑人》，英国推理小说作家阿加莎·克里斯蒂创作的长篇小说，出版于1939年。

工作任务。回首往事我意识到,如果我能够让我的官员们待在奢侈的大总部的话,我至少应该能收到一百名人员的加入申请。然而几个星期以来,因为没有合适的交通工具,再加上我也没有足够的资历和权威助力我清除障碍,所以我不得不在大部队离开之后,在数百英里的范围内进行"清理"工作——当时大部队正在迅速地向荷兰前进。

在盟国远征军最高统帅部已经在布鲁塞尔设立好,而我也抵达荷兰南部的埃因霍温时,我感觉自己已处于精神崩溃的边缘。我差不多失去了两英石的体重——我平常还不是一个有赘肉的人。白天,我总是头痛;到了晚上,令人抓狂的失眠又侵扰我。我的食欲衰退到就好像它从来没有存在过一样,神经常处于绷紧的状态,这让我待在一个地方无论多长时间都感到痛苦。精神和身体都疲惫不堪,我不想四处走动。我怀疑自己已经是强弩之末了。没过多久,我的怀疑被证实了。1944年12月22日,我晕了过去。

一个朋友赶快把我送到布鲁塞尔的安全总部,然后我被送往一家军事医院接受检查。一位专家为我做了最全面、最严格的检查。检查持续了一个半小时。他问了我家族病史的一些问题以及我生活方式的一些问题,问了我的经历以及一些从我这个非专业角度看起来毫不相关的问题。他对我的全身做了检查:心脏、肺、胃以及背部——似乎检查了我所有的器官。作为其他领域的"检查专家",我不能不为这位医生的尽职尽责而脱帽致敬。

当我穿好衣服时,他在一张纸上写下了诊断书,签了字,然后把它封在了一个信封里交给了我。他说我应该立即打报告返回英国,当我回到英国的时候,我可以把这封信交给我自己的医生。

我审讯过太多的人,所以他的这种说辞和态度根本打发不了我。另外我们都清楚,当自己的健康成为此刻最重要的话题时,我们总是对别人言语和行为上的细微改变变得格外敏感。

"我不是一个孩子,医生。"我说道,"我也不想讨价还价。我可以成为任何一种人,除去懦夫。请您直接告诉我,我究竟得了什么病?"

他支支吾吾地说了一些关于职业礼仪的事。

"不要说什么职业礼仪了。"我说道,"我到达伦敦之后也一定会知道的,不是吗?既然这样的话,现在告诉我有什么不可以呢?"

他耸了耸肩:"好吧。依我看来,你患有腹部癌症,已是晚期,双肺有二级病变。我本不想告诉你的,但你太固执了。"

听到"癌症"这一词,我的心脏似乎停止了跳动。这个单词有着太强的结束意味了。

"做手术也迟了吗?"我问。

他直视着我的眼睛,然后点了点头:"恐怕是这样的。"

"那我还有多长时间呢?"

"这很难说。一些人的时间长一些,另一些人就不那么幸运了。"

"那我呢?"

"好吧,如果你非要知道的话,我觉得——两个月,或者三个月,但是很难准确地说具体多长时间。"他不想和我继续谈话了,他朝着我苦笑了一下——里面满是同情。"对不起,老兄。当事实是这样的时候,我很难启齿。但是你坚持让我告诉你事实。再见,祝好运。"

他和我握了握手,而我也想去外面呼吸一下新鲜的空气。那时我忽然意识到,一个即将被判处死刑的人,他的感知会变得敏锐起来——呼进的每一口空气都带给我刺痛和伤害。我站在那儿,用那两叶似乎已经在致命疾病的折磨下开始变得衰弱的肺深深地呼吸着。眼前,房子的轮廓,军用卡车的隆隆声,以及从我身边经过的比利时妇女们围着的彩色披肩和围巾,都变得格外清晰。两天之后将是平安夜,我意识到,我将在这世上度过最后一个圣诞节。以前,每一次脉搏的跳动都像击鼓般催促我在人生的路上行进,而现在,我似乎已接近这条路的终点。

几个小时后,我仍在布鲁塞尔寒冷的大街上徘徊。这会不会是一场噩梦,等我醒来,一切安然无恙?可当我的手不由自主插入口袋时,里面那个信封的棱角会提醒我——我被判了"死刑"。

我梦游般的回到了总部,递交了乘机返回英国的申请。我想马上离开,就像一个急于为自己寻找最后的容身之地的动物一样。然而现在离圣诞节太近了,所有飞伦敦的飞机都已经被预订完了。我最早可以拿到的是12月27日的票。我抑制住失望,对这一切耸耸肩。在这个欢庆的节日,让垂死的人为活着的人让路吧！对于一个难逃自己命运的人来说，在什么地方度日子有什么不一样呢？

我渐渐平静下来，我突然要求立即返回英国，是需要对相关人员解释一下原因的，至少需要对我仅有的几位朋友解释清楚。坏消息传得很快，没多久，每一位和我一样处在忙乱之中的官员都得知了我要离开他们的原因。这个圣诞节，这些体面的英国人给予了我只有用作家们的语言才可以形容出来的那种令人尴尬的同情——虽然不多，却很感人。我只能说，这个圣诞节是我有生以来所度过的最糟糕的节日；同时，我的遭遇也成功地毁掉了我大多数同事的快乐圣诞节。我确实是一位"扫兴的人"。

12月27日，我飞回了伦敦。我做的第一件事是预约我的医生。我给了他专家的诊断书。他对我进行了一系列检查。过了一会儿，他问："我想问那位军队的专家在确诊之前给你做了X光了吗？"

"没有。"我说。

"什么？他没有给你照X光？没有给你钡餐和照X光，他怎么就可以在这么严肃的问题上给出这样严重的结论？这对于一个常常受到骚扰的平民医生而言是不可能的。实话实说，平托，在初步的检查中，我没有发现你患癌症的迹象。当然，我必须强调，没有更详细的检查，包括照X光，很难得出准确的结论；但很显然，军医对此有不同的观点。"他咧嘴笑道。

在我内心的某个地方，一丝希望的火花点燃了，并开始化解占据我内心的冰冷和麻木。"那现在该怎么办？"我问。

"我安排你去哈利街的专家那里做更细致的检查。"他说,"越快越好。你明天有时间吗?"

我点了点头,我发现自己几乎说不出话来了。

就这样,一切都被安排好了。第二天,我去了哈利街的专家门诊,我吃了钡餐之后,医生给我做了非常细致的X光检查。两天之后,我再次被我的医生召见。我已经厌倦了等待,心一直悬着,想知道最后的结果是什么。我走进他的诊室,我开始想,一个前几天被判处死刑的人,在最后一刻知道可以拿到死缓的通知书是什么样的感觉。

我的医生带着由衷的高兴搓着手通知我:"太好了,平托,"他说,"我带来了好消息。虽然没有医生愿意公开反对他经验丰富的同行,但这一次我必须告诉你,你的军医专家这一次犯了一个错,在你的身体里没有任何癌症的痕迹。当然,你的身体虚弱,还有神经衰弱症状——任何一个傻瓜都可以看出这一点,但是你的器官没有任何问题。彻底休息几个月之后,你会百分之百地恢复健康,又可以像麻雀一样活蹦乱跳。好啦,说些什么吧,要不所有人都觉得你想死呢。"

我什么都说不出来。在那一刻,我体会到了一个将要被执行死刑的人得到缓刑的感觉。

II

在接下来的三个月里,我得到了彻底的休息。阿登战役,德国最后的攻击被粉碎了,看起来,欧洲的战争会毫无疑问地慢慢结束。我意识到，有很多工作在等着我回去做，然而我只想对它们耸耸肩——抱了"让它们等着吧"的态度。我很满足于我的彻底放松，让时间慢慢悠悠地流走吧。我知道这是我五年半以来，身体和心理第一次完全处于静止状态的时段。

与此同时，我知道关于平托中校马上就要死亡的消息在英国安全部门传播得很快；毫无疑问，也传到了敌人那里。我知道，很少有人会为他的"死"而悲痛。我没有太多机会和时间在工作之余结交朋友；而且可以肯定的是，敌方的很多人都会为此而欢呼雀跃。我平静地享受着这段奢侈的休息时间，别人的反应和我无关。

1945年3月末，我的身体和精力完全恢复了，我重返欧洲大陆履职。不到六周，欧洲迎来了胜利日，随之，荷兰北部的省份都光复了，只有小部分德国军队还在负隅顽抗。6月初，我来到海牙。我的第一个任务就是审问一个穿着党卫军制服的人。他不是一个德国人，而是一名荷兰通敌者。

他被关在被称作"橘子酒店"的专门收押政治犯的监狱里，这座监狱位于海牙附近的著名海边城市斯海弗宁恩。加拿大军方管理这座监狱，他们为有间谍或者通敌嫌疑者另辟了一个特殊区域。

我要审问的这个犯人是被荷兰抵抗部队俘虏的，被俘时他还穿着黑色的全套党卫军制服。他外衣上的一条红黑两色的丝带毫无疑问地表明，他是一名铁十字勋章的傲娇的拥有者。当我注视着他那毛发竖立的头顶，以及他那猪一样小的眼睛时，他的态度显得有些傲慢；但在我看来，这场景活脱脱是对臭名

昭著的党卫军的一种讽刺。我本来以为这案件铁板钉钉——没有人可以在穿着全套敌人服装被逮个正着时还能找到一个看似合理的借口企图蒙混过去，然而我错了。

我们在审讯的时候，直接切入要点。"看起来，你是一个通敌者了。"我说，"你应该很难解释清楚你为什么穿着这套服装，对吗？"

他立刻显出义愤填膺的样子："你怎么能指责我是一名通敌者呢？我是一名良好的荷兰公民，为自己的国家作出了贡献。"

我瞪着他："你——一个良好的荷兰公民？如果是这样的话，那戈林一定是世界上活着的最瘦的人，而希姆莱是一个在主日学校上班的老师。如果你是一名伟大的爱国者，那么你怎么会穿着这套军装被捕呢？如果你是一名良好的荷兰公民，德国人为什么会授予你铁十字勋章呢？这是一个奇怪的世界，但你说的这些超出了我可以相信的范围。"

"你弄错了，先生。"他回复我，"我知道一个荷兰人穿着这一身行头看起来有些奇怪，但是我会解释一切的。"他努力让自己显出很气愤的样子，"对一个为了自己国家而甘愿冒生命危险——毫无预兆地被投入到监狱的人来说，这一切不公正得令人痛心。那些真正的通敌者和纳粹的朋友们正在逍遥自在地游荡——我这么说并不是小题大做。现在，德国人被踢出去了，他们都从洞里爬了出来，开始他们的新美差。看着他们吧，开着汽车四处闲逛，过着最上等的生活——你永远不会想到他们曾和敌人勾结。而在这里，现在，我，一个诚实的人，做了一项伟大的工作，却面临着要在监狱里腐烂的命运。这很不公平。"

我听他讲完他的长篇大论。"好吧，坚强的人。"我说，"再跟我说点其他的吧，你讲得很有意思。"

"噢，我知道您不相信我，先生，但我说的都是事实。我发誓。我加入党卫队，是因为情报机构的一名身处要职的高官命令我这么做的。他指示我如何加入，如何回答他们的问题，诸如此类等等。我加入之后，他告诉我去寻找、发现什么样的信息。他安排我每个月向联络员报告一次。我被安排在鹿特丹与联络员见面。他们把那个地方叫作布隆方丹，我们在布隆方丹的码头周围见面。"

我根本不相信这个故事，因为在这么多年的职业生涯中，我听过了太多不同版本的相同故事。然而最早时我也会感到诧异——法院量刑的时候多数情况下会采信这样的故事，除非我们找到了明确的相反的证据。确实有很多真实的特工秘密打入敌人内部的案例。这样的特工不但每天冒着生命危险，而且在战争结束之后，他们还会面临着被指控或被以通敌者的罪名审判的危险。然而即使这样，我也并不认为眼前的这个人就是真实的特工。但无论如何，我必须找出证据。

"好吧，"我说，"你每个月必须去鹿特丹见这位联络员，并把你收集到的有用的信息传递给他。那么他叫什么名字呢？我可以在我们的底簿上查到他的名字。"

嫌疑人的笑里透露出一股得意的意味："这是秘密潜伏工作，先生，我们不问对方的名字和地址。你知道这个人的信息越少,你泄露秘密的机会就越少。我从来没有问过他的名字,也没有告诉过他我的名字。我们之间有太多重要的任务需要完成,以至我们没有时间去翻底牌,那是一种浪费。"

"我明白了。谢谢你的这番话,它也许是有用的。既然你不能告诉我们你的那位联络员的名字,那么你总可以告诉我们关于他的一些其他信息吧?"

他想了一会儿:"可以的,先生。正如我告诉您的那样,我听命于情报机构的一名身处要职的官员。"

"啊,是这样。"我说,"现在我们终于有所进展了。这位身处要职的官员——你一定知道一些关于他的信息,比如他的名字,等等。你只需要告诉我他的名字,我让他来确认你的故事。如果他确认了,你可以马上离开这里。"

这个嫌疑人摇了摇头,显出一副悲伤的样子:"关键就在这一点,先生。如果我的老朋友还在的话,我绝对不会在这个发霉的监狱里等着腐烂,他老早就会把我从监狱里带出去了——不幸的是,他死了。"

"死了?盖世太保抓住了他吗?"

"没有抓住他,先生,盖世太保永远都抓不住他——他比他们要精明得多。他是自然死亡的,可怜的人。"

"他到底怎么了?"

"我听说是癌症,先生,胃癌。"

听到这儿,我感到我自己的胃奇怪地痉挛了一下。我继续说:"这很可惜,但是没关系,即使他死了,他依然可以帮助你。你可以告诉我他的名字,我可以进行查询,他也许在某些机密的文件中提到过你，或者他的助手可能知道关于你的情形。好了，他叫什么名字呢？"

嫌疑人毫不犹豫地回答道："平托，先生，平托中校。"

那个时候，我真是很难忍住笑意，我觉得有必要用猛然的一个喷嚏或者是擤鼻子来掩饰。

"噢，我听说过他。"我说道，"但我不知道他死了。当然了，我经常四处奔波，那会令我错过好多消息。无论如何，我们继续。是平托中校指令你加入党卫队的，是吗？"

"是的，先生。"

"你认识他有多长时间了？"

"噢，先生，我们认识好几年了。我为他做了很多工作。"

"平托中校毫不怀疑地相信你，对吗？"

"哦，确实是，先生。他知道我会为他做任何事情——为了他的一句话，我可以冒生命危险。先生，他也会为我做任何事情。如果他还活着的话，他应该早就把我从这里带出去了。"

"即使他死了，我认为你也不必要太过担心。我只是例行公事，对你进行正常的盘问，但你的案子看起来相当简单。在平托中校办公室里，总会有人或者有文件可以证明你的清白。尽管我常常听到平托中校的名字，但我从来没有面对面地见过他。我很好奇，你能不能把他的样子描述给我呢？"

嫌疑人皱起了眉头，仿佛在努力回忆着什么："我不擅长描述一个人的外貌特点。另外，平托中校的外貌并没有什么与众不同的地方……"说到这儿,他好像突然捕捉到一个幸运的灵感,"我觉得这就是他成功的一个原因,先生。他在情报机构做得如此出色,就是因为他在人群中并不显眼。总之,他看起来很平常,中等身材,中等个子,我可以回忆起来的就是他没有什么特别的地方。"

"我明白了——比如,他长得像我吗?"

嫌疑人看了看我,然后大笑起来:"哦,天呀!不!他长得一点都不像您,先生。"

"那就好。"我说,"好吧,你的案子看起来非常简单,我很高兴可以和你聊天。如果你的故事能够被核实,我保证一定可以让你从这里搬出去。看到你为自己国家所做的一切,我相信,你一定会得到应得的待遇。"

"哦,非常感谢您,先生,我无法表达出我对您的感激之情。"

"别想这些了,我会为任何像你这样的人做这些事情的。哦,对了,有一件事你也可以为我做。"

"什么事?"他急于让我高兴。

"我走之后,也许你会记起潜伏工作的某些细节,这些细节很重要——无论如何,我对你所从事的这一危险工作的细节非常感兴趣。在你没事的时候,你可以记下你过去几年所做的所有事情,不要遗漏任何细节,无论它们看起来多么微不足道。我会安排狱卒给你准备你需要的纸张。你写完之后,我希望你可以交给狱卒,只要地址正确,他就可以递送给我。"

"非常好,先生。我一定会尽量做好。"过了一会儿,他想到了什么,"顺便问您一下,先生,我该把这些寄到哪里呢?恐怕我还不知道您的名字。"

我一时间什么都没说。我盯着他看了会儿:"我的名字?我的名字叫平托——中校平托!"

他最终开口了

在前文里我提到，一个反间谍工作人员相信他对嫌疑人的第一印象总是一件非常危险的事。一个训练有素的间谍总是会给其他人留下较好的印象，他的惯用方法可能就是让自己看起来很坦率、很诚实。其实，他的目的就是给人留下一个诚实、体面的公民印象，如果他某种程度上"入了戏"，他可能会一直演到最后关头。事实上，一个真正诚实、无辜的人是不会刻意要给他人留下一个好印象的，除非他碰巧是一名售货员或旅行推销员——这样的工作一般会要求他拥有能为自己创造一个良好个人形象的能力。另外，一个无辜的人在受审时，也不会有要给人留下一个正直印象的迫切需求——他知道自己是无辜的，他知道审讯人员可以发现这一点，而他则不需要就此做任何努力。

因而，在反间谍工作中，根据第一印象就草草地得出结论是不明智的。不过，极其富有经验的人可以迅速地勾勒出对一个人的印象；表面上看，这是出于直觉，然而实际上这是基于第一时间观察到的各种迹象而得出的结论——没有受过训练的观察者很容易对这些迹象视而不见。这就像一个建筑师看一眼要求就能草拟出一系列的设计方案，一个编辑大致浏览一篇文章后就能对这篇文章有个基本的评判；而一个受过训练的审讯者，在看到嫌疑人的第一眼时就会分析整理出有关他的重要信息。盲目地追随直觉自然是不明智的，但有时候直觉会引导我们去发现那背后的真相。

我回忆不起来是哪一种感觉，或者说是哪几种感觉的组合，让我怀疑埃米尔·布朗格是一名德国间谍。那时盟军已经有了突破性进展，盟军的矛头正指向比利时。坦克和摩托化部队正浩浩荡荡地前进，毫无休止的轰隆隆的炮声如雷声一般响彻天际。在行进路口附近，我们设立了临时的情报总部——一条狭长的战壕和一个防空洞，四周垒着沙袋。相对来说，我们是"外来者"，所以我们不得不"自谋生路"。（我们与师指挥部保持松散的依附关系是有很多好处的。我们可以自由地出入，而且大部分时间，我们可以自己做决定。当然，这样做也有一些缺点：没人为我们的福利负责，当我们寻找住宿地的时候，最好的位置已经被人占了，我们不得不自己照顾自己。）

该提埃米尔·布朗格先生了。一天，他被两位执勤的安全工作官员带到了我的指挥部。他们是在一个部队刚刚撤离的村庄附近发现的他，当时他神情恍惚地在那里徘徊。那里被炮火摧毁了，到处是黑暗的断墙，碎石满地。我没有说话，看了布朗格很久。他的穿着打扮像一名典型的农民，我听到他说了几句比利时法语，带着华隆乡下人的口音；然而，他身上的某种气质，或者说是他蓝色的眼里闪过的一丝亮光让我产生了怀疑。他的脖子很短，肌肉发达，这和这里普通农民的体态有所不同。

"你是一个农民吗？"我问道。

"我是一个农民。"他边说边无精打采地用手比画着,"不过现在我没有农田了。德国兵抢走了我养的动物,甚至包括我的小鸭子。我的田里到处是弹坑,我的屋子被炸成残垣断壁。我的妻子死了——压在被炸塌的屋顶下。什么都没有了——都不见了。"

突然,他伸出了双手——他的手指像爪子一样弯曲着,我看到他的指甲裂开了,里面满是污垢,指尖不知被什么划伤了,伤口还很清晰,指甲缝里还有干血痂。"我亲自把她——我的妻子挖出来。"他低声嘀咕着,"她被埋在黑暗的废墟底下。她一直都怕黑暗。我就像一个母鸡一样用爪子把她刨了出来,但是她已经死了。"他陷入了沉思。

"你会数数吗?"我的提问打破了沉默。

"数数?"听到这个奇怪的问题,他眨了眨眼睛。

我眼前恰好有一盘干豆子,是当地"解放"了的农民送给部队的,我把这盘豆子推到他的跟前。"数一数这些。"我说,"大声数。"

他慢慢地拾起一颗豆子,开始用法语数道"un、deux、trois……"[1]。当他数到七十二的时候,我叫停了。他已经成功地通过了第一个测试——如果他是一名扮作比利时华隆人的有些语言天赋的德国人的话,他应该会用正统的法语,将七十二念作"soixante-douze",他不会知道华隆地区的农民们经常将七十二念作"septante-deux"。到目前为止,他一切的表现都很

1　un、deux、trois:法文数词一、二、三。

好。但我依然不相信他就如同他所声称的那样，是一名诚实的比利时农民，正为了失去房子和妻子而感到悲伤。幸运的是，那个时候我的工作并不是很忙，较平常而言，我可以花更多的时间去处理这个案子。如果最后他能被证明是无辜的，没有人会失去什么；但如果他被证实有罪，那么我们就为维护部队后方安全又做了一项有益的工作。

我命令将布朗格一个人关在一间小房间里。这小房间是借用废弃牛棚的一部分改建的，门从外面锁上了，在两根横梁之间有一道裂缝——一个天然的窥视口——通过这个裂缝，他的一举一动都处在监视之中。那天晚上睡觉之前，布朗格跪下来做祈祷——他不可能知道有一双犀利的眼睛正在观察他的一举一动，而他正是用比利时人最简单、朴实的语言祷告着，看来这一切是他在很小的时候从瓦隆村牧师那里学来的。一只老鼠从门缝里窜了进来，他吓了一跳，说道："Dieu[1]！"这是一个典型的华隆地区人们常用的感叹词。他铺好了毯子，准备睡觉了。又等了一会儿，我安排人把一些柴草放在他的门外点燃。当浓烟从门缝里钻进去的时候，士兵们在铺着石板的走廊里大喊："Feuer！Feuer！"这是德语的"火"。布朗格动了一下身子，好像是醒了，但却只是翻了一下身。过了一会儿，士兵们再一次在走廊里跑着、大喊着："Aufeu！Aufeu！"这是法语的"火"。布朗格立刻从他的睡榻上跳起来，惊恐地叫着，用拳头使劲地捶着锁得结结实实的大门。当我打开门的时候，他

---

[1] Dieu：法文，上帝。

一边小声抽泣，一边用比利时法语祈祷。

他又通过了一项测试。但我依然不能确定，他究竟是一个无辜的民众，还是一名有着过人勇气和高超表演技能的德国间谍，至少到目前为止还不能下结论；虽然我也不得不承认，我似乎没有足够的理由怀疑他。

第二天早上，我决定换一种方式来测试他。我安排人把他带往我的战地指挥部，在他来之前，我把我的计划告诉给我的一位下属，我安排他列席审讯。届时，我会对他低声说"armer kerl"，这是德语，意思是"可怜的孩子"。下属会问我："Warum？"这也是德语，意为"为什么"。之后，我会继续跟下属用德语说话。

按计划，布朗格被押了进来。在我身后的折叠桌上，摆放着我们逮捕他时在他身上找到的一些东西。这些东西再普通不过了，半支铅笔，一根绳子，一块被水浸透过的、被咀嚼了一部分的烟草块，一个笨重的、自制的十字架，还有一些法郎。在这些可怜的零零星星的物件中似乎没有什么令人怀疑的东西。

布朗格略显愠怒而有耐心地站在那里，就像畜栏里的动物一样。我翻着他的物品，然后拿起那半支铅笔说："你为什么带着这个东西？"我是用法语发问的。

"这只是一支铅笔。"他一边说一边耸了耸他那强壮、宽厚的肩膀。

"你带着这个，为了方便给敌人写信息吗？"他似笑非笑的，用好像带着鄙夷成分的眼神看着我，又仿佛我的这个问题太过愚蠢了,所以他不屑于回答。

我转向我的那位下属,按之前的约定,我用德语说:"可怜的孩子。"

他及时地接住了我的话,用德语问:"为什么?"

我依然用德语说:"因为他根本不知道一小时之内他将被处以绞刑。在11点,"我看了看手表,"中午他将被处决。他明显是一名间谍,他不能期待有更好的命运。"

说话期间,我一直认真观察布朗格,尤其关注他的眼睛和喉结。无论一个人多么勇敢,多么有自制力,在通常情况下,他都无法从技术上控制所谓的"血管舒缩中枢神经"的自动反应。这就像一个人的眼睛突然看到一种物体时,他会无意识地眨眼睛一样。也就是说,一个人听到自己即将被判处死刑时,他很可能会变得面色苍白,或者会因震惊而眨眼睛,或者会因嘴巴变得特别干燥而吞咽唾沫。但布朗格没有任何反应。我知道,他一定知道自己被认定为间谍了,但他依然坚定地站在那儿,一动不动,也没有显示出任何慌张的迹象。这轮测试的结论是:他听不懂德语,因而他不可能是一名德国间谍。

到了目前这一步,我不得不承认,我当初在没有任何证据的情况下便迅速判断,是被直觉带偏了——显然,这不靠谱。也许是因为我本身的固执,也许是我不肯承认自己犯了一个错误,不肯让我的虚荣心受到伤害,但也许又是出于潜意识,别管原因如何,我最后决定再对布朗格进行一次测试。

第二天,我安排了一个诚实的比利时农民来会会我的嫌疑人。当时我也在座。在我的提示之下,比利时农民谈起了农活，我第一次见到布朗格有了神气，他开始热情地参与其中。即使从我这样一个非专业的角度看，也觉得他似乎知道很多关于当地农村的事情。随后，那个比利时农民告诉我，无论在庄稼还是当地环境条件以及耕作方法方面，他讲的都没有瑕疵。

我又一次不得不承认，所有的测试方法都用尽了。虽然每一次的测试结果都推翻了我对他是间谍的怀疑，但这反而更引起我对他的怀疑。我曾建议新入职的反间谍工作人员们，不要让第一印象左右自己的判断，而现在我就像很多仓促、笨拙的业余人士一样，陷入自己挖的陷阱中。

夜里，我坐定，试图找到为什么我第一眼看到布朗格就怀疑他是间谍的原因。我脑海里依次回放着他从开始到目前的言行举止，我想从中找到一些可以支持我先前判断的线索。可无论我怎么分析，都找不到任何可以支持我的怀疑的证据。最后我决定，第二天早上对他进行最后一次测试。如果我失败了，那我就公开承认我不该如此不公地怀疑他是个间谍，并当场释放他。我甚至决定，要为自己的无据怀疑向他真诚道歉。

第二天早上，他来到我的办公室——和以往一样耐心，毕恭毕敬地站在我桌子前面。我低头阅读桌子上那份刚刚打印出来的文件——我确信从他所站之处可以清楚地看到文件内容。读完文件之后，我拿出一支钢笔，在这份文件的底部签上了我的名字。我放下笔，抬起头，用德语对他说："So, jetzt bin ich zufrieden.Sie können gehen.Sie sind frei."这句话的意思是："好吧，我现在满意了。你可以走了，你自由了。"

他深深地吸了一口气，晃了晃肩膀，仿佛上面的一个重担被抖落了下来。他快乐地抬起脸，深深地呼吸了一口"自由的空气"。当他听到我的轻笑声时，他的脸立刻变得僵硬了。他试图恢复先前的顺从的姿势，然而一切已经太晚了。我给了警卫一个信号，他们伸手抓住了他的肩膀。

"Mein liver freund.[1]"我一边说一边站了起来。从此刻起，一直到他几天之后的行刑日，我们只用他的母语——德语交谈，再没用其他语言。

---

1 此句为德语，意为"我亲爱的朋友"。

阿纳姆的叛徒

I

下面我要谈的案例是我所经历过的最重要的案件,可能也是古往今来间谍史上最重要的间谍案。后一种说法很严重,我会尽最大的努力证明这一点。不过,首先我想请读者们理解,我这么说并不是因为我想扮演一个揭露对盟军行动造成无可挽回的重大损失事实真相的知情人角色。我只是想就事论事。如果蒙哥马利元帅下达的跨越马斯河和下莱茵河桥头堡的攻击命令成功的话,如果主力在阿纳姆与伞兵部队会合的话,一个楔形盔甲就会插入德国的中心地带——这可能会使欧洲的战争在1944年的圣诞节前夕结束,这会比实际上早六个月。很少有战略家否认这个可能性。事实上我们很难估算,如果战争时间缩短,会挽救多少士兵和平民的生命,会有多少财力、物力得以保全。那个时候,英国政府每天要花费一千六百万英镑用于战争。如果欧洲的战争可以缩短六个月,那么至少可以节省两亿九千万英镑的开销。如果算上其他国家,尤其是美国用于参与战争的花费,那可以节省的开销,对于工薪阶层来说简直是一个没有实际意义的天文数字。但这些都还不是最重要的,最重要的是:如果盟军能深入德国,在俄军抵达德国东部之前占领柏林和东欧，那么，1945年以后的欧洲就可能完全是另一副样貌。如果盟军可以"从自己的优势处出发"，结果可能会令人欣慰得多。

假设毕竟是假设，我最好不对这些论点进行展开论述。有一首童谣这么唱：

> 为了找一个钉子，把一双鞋丢了。
> 为了一双鞋，把一匹马给丢了。
> 为了一匹马……

但无论如何，我们都不能否认"阿纳姆伞兵"是一个大胆的计划，执行人英勇无畏。如果计划成功的话，它很可能会成为欧洲战场的转折点。然而正如全世界都知道的那样，这个计划没有成功，但这并不是因为缺少军事技能或者勇气。事实上，阿纳姆战役就像一朵明亮的鲜花，展现了英国军队在面临压倒性优势时还能坚持作战到底的品质。有一个人，且只因为这一个人，使得阿纳姆战役从一开始就注定了要失败的命运。这个人是荷兰人，叫作克里斯森·林德曼斯。虽然我们无法将战争多持续六个月的责任以及随之而来的各种损失和悲剧归咎于他，但我们仍可以指控他要对勇敢的空降部队坠入陷阱负责——十天之内，七千多名空降人员伤亡。很少有间谍或叛徒，能像他这样对自己的国家以及国家的盟友一次性造成如此巨大的打击。

II

我在前文提到过,我曾担任隶属于欧洲盟国远征军最高统帅部的荷兰反间谍特派团的首脑。那时,我的工作职责是对大部队后方的安全问题负责。当时,大部队——英国第二军、美国第一和第三军、加拿大第一军,已经从佛兰德斯向荷兰挺进。当坦克、自行火炮,以及步兵浩浩荡荡地前进时,难免不产生一系列的破坏。当然,有些牺牲是必要的。部队行进路线周边的不幸居民们,经常因炮弹轰炸而变得无家可归;在德军撤出的地区,德军往往会实施报复性破坏。正常的社会秩序基本上不存在了,因为不仅警察,甚至当地政府官员,在德军占领期间的表现使民众丧失了对他们的信任,或者他们有的直接躲藏了起来。于是,可怕的抢劫、饥饿、骚乱接踵而来。德国人自然预料到会有这样的"机会",在撤退前,他们安插了间谍和破坏者,妄图在盟军后方作乱,这更使得那时的社会治安混乱至极。还有一些平民,利用各种机会清算旧账,解决个人恩怨,而不必担心会受到警察的管制。

法律不容践踏,秩序必须恢复。因为,没有什么比让盟军部队被迫改变行进计划,转而将精力投入恢复后方秩序更令德军感到高兴的事了。我们立即展开行动。尽管我们采取的方法并非十全十美,但至少是很奏效的。我们在一个空旷的地方建立起营地,并将外围用带刺的、坚固的铁丝网围了起来,周围架起了机枪——朝里朝外都可以开火。守卫们在铁丝网周围巡逻,大门处有哨兵不间断站岗。所有的无家可归的人——

难民、可疑的人都被带到这个营地,我们会逐步进行筛选。一旦那些诚实的居民们证明了自己的清白,他们就会被转移到条件更好的营地之中。渐渐的,在这种不间断的筛选和过滤下,"残渣"被留下了,他们会被带去审讯,然后根据他们的罪行处罚他们。这样的方法也许会剥夺那些无辜之人暂时的自由;但在战争期间,为了大多数人的利益,无罪的人也只能做出牺牲。这当然是不幸的,然而毕竟我们不能冒影响盟军前进速度的危险。

在安特卫普解放之后,我在那附近建立起一个比较大的营地。一天当我路过营地主门时,我恰好听到一阵吵闹声,就走过去看发生了什么。我看到的场景让我大吃一惊——一个巨人正俯视着执勤哨兵。他大概有六英尺那么高,长得不成比例,非常宽大的胸膛把他的卡其布衬衫绷得紧紧的,且仿佛马上就要撑破它一样。袖子下凸起的肱二头肌几乎和运动员的大腿一样粗。他的体重一定有十八英石那么重,他全身看起来坚硬而结实——如同一个巨石一样的人。或许,他还觉得他的外貌特征不足以让他在人群中脱颖而出,所以他还携带着够得上装备一座微型移动武器库的武器:皮带上卡着两把黑色的钢刀;右臀部挂着一把长筒鲁格手枪,其射程可以达到一千米;一把施迈瑟冲锋枪挂在他巨大的胸膛上,相比之下,那手枪看起来就像一把水枪一样无害;他的口袋上有一个令人不安的凸起,看得出,里面是一枚手榴弹。

这个庞然大物左右手各搂着一个微笑着的姑娘,而他自己也被一群荷兰年轻人簇拥着。很显然,这些年轻人把他当作

英雄一样崇拜。那位哨兵正拦着他的去路,但哨兵看起来有些尴尬,有些犹豫。当我从人群后边走近时,我听到那巨人正用宽厚而低沉的声音说:"啊,这两个女孩是良好的荷兰爱国公民。告诉你们上校,伟大的'金刚'为她们作保,她们必须马上被释放——陪我喝酒去。"

我当然听说过"金刚",他是荷兰抵抗军的一个重要领导人,他声名赫赫,之所以有这样的绰号是因为他有惊人的力量且无所畏惧,对付德国人他常有令人意想不到的妙计,因而他倍受大众的尊敬。但是,他没有权力在我的营地里招摇显摆,更不能从这里带走那两个女孩——在她们还没有被调查清楚之前。他可以过自己的"英雄瘾",但不能越界。

我朝他大喊道:"哎,过来——你!"

他转过身来,眨了眨眼睛,放开了两位姑娘。他用像是和我的手腕一样粗的食指拍了拍他那巨大的胸膛,问道:"你在和我说话吗?"

"是的,你,过来!"

他犹豫了一下,然后朝我大摇大摆地走过来。尽管我个头中等,但仍得被他俯视。在他还没有开口说话前,我用手指指着他袖口上的三颗金星说:

"你有什么权力佩戴这些?你是个上尉吗?如果是的话,是哪个部队的?"

他低吼了一声:"哦,你看看,我佩戴的这三颗星是由荷兰内政部授予的——地下组织的!"

"真的吗?那你是谁?"我故意带着嘲弄的口气问道。

"我?"他似乎因我的无知而震惊。他转向他的支持者们,朝他们耸了耸肩,仿佛在说:这是世界第八大奇迹吗?竟然有人不能一眼就认出伟大的"金刚"。"我是谁?怎么可能呢?上校,每个人都知道我是谁。"他大声喊道,"我住在维特欧特城堡,荷兰抵抗军的总部。"他停顿了一下,摇晃着他宽大的胸膛——一时间我又要怀疑他衬衫上的纽扣马上就要绷开了,"我——我是金刚!"

"我听说过的独一无二的金刚是,"我柔和地回应道,"一个大毛绒玩具猴子。"

从他后面的拍马屁的人群中传来一阵窃笑声。他咬牙切齿,攥紧了拳头,一时间,他看起来确实很像电影里的"金刚"。我的手悄悄地伸向我随身携带的沃尔特自动手枪——如果他想用那硕大的手掌抓住我——我意识到他可以轻而易举地像掰断一根干木棍一样把我掰成两半。但他仅仅是低吼了一声,没有采取进一步行动。

看来他不敢对我轻举妄动,于是,我继续说:"既然你没有在荷兰军队中担任过上尉军衔,你无权佩戴这些。"我走上前去,扯下了他戴在袖子上的带有三颗金星的布带。

他有着尼安德特人的面部特征——没有下巴,而现在,他的脸色也变了。我的手悬停在枪托上,以防他因自尊受伤而突然攻击我。但他退后了几步——而不是攻击我,片刻间,这个伟大的"金刚"变得非常温顺,就像一个被逮住的逃课小男孩一样。片刻后,他才又拾起自尊朝我喊道:"我会毫不拖延地正式投诉你对待维特欧特城堡的态度。"说完,他大步走开了,留下那两位姑娘和他的一群仰慕者们,他们目瞪口呆地看着他离去。

III

这就是我和金刚第一次会面时的情形,一切并非出于我的意愿,事实上,我是乐于结交伟大的抵抗军首领的。人们称"金刚"为荷兰"守护神",据说他从盖世太保的手中救下过成百上千的难民,还有盟军的飞行员——他们的飞机在荷兰上空被德军击落——护送他们从秘密路线离开;他还参与了几次至关重要的小型战役,让纳粹秘密警察们闻风丧胆,他们对他恨之入骨,纳粹保安服务处竭尽全力地设置圈套想要逮捕他。我想,如果他遵循程序提出进入营地的申请的话,我一定会热情地欢迎他,并特意为他打开一瓶酒。然而,作为营地的负责人,我决不允许自己威严扫地,这会给其他囚犯和守卫树立一个不好的榜样——任何人不能违反军事条例,不能蔑视规则,无论他的名气有多大。

在之后的日子里,每每回想起那次相遇,我都会想,我是不是太草率地对待我的不速之客了,在公共场合毫无理由地贬低他可能是有些过分。当然,是他首先表现出不礼貌的,不过我又想,这也许是由于他对军事条例的无知。其实我表现得也很鲁莽,即使谈不上太糟糕,但也是有些过分严苛了。

这时我突然冒出一个奇怪的想法:为什么他对我的无礼表现得那么温顺?有些时候,一个闪念可能会引起一系列的想法。一个像他这样有着卓越功绩的人，即使他自己意识到犯了错误，也一定会坚决不让步，他得维护自己，尤其是当他被一群崇拜者围观时。然而金刚忍受住了在公共场合的羞辱，除了对我口出威胁之外，并没有任何更激烈的反应，而且他很快匆匆"撤退"了。他这样一个有很大名声的人，不应该有这样的行为。有疑点就要调查清楚。

我回到盟国远征军的最高统帅部之后，叫来了我的助理威廉。他是一个非凡的人，有过不同的职业生涯，包括做法国外籍兵团的中士以及丹吉尔的间谍。他拥有"百科全书"一样的记忆力，他的头脑里面储存着各种离奇的事件、全欧洲地下运动的各种信息以及在两边都工作的"双面间谍"的信息。

"威廉，告诉我，"我说，"关于一个绰号叫作'金刚'的抵抗军的首领你了解多少？"

他皱起眉头，集中注意力想了一下，接着他快速地说道："他的真实名字是克里斯森·林德曼斯，出生于鹿特丹，是一位车库主人的儿子，做过拳击手和摔跤手。据说，他在酒吧的一次争执当中杀过人。有一打姑娘主动成为他的亲密朋友。"接着他狡猾地咧嘴一笑，"您想要她们的名字吗？"

我摇了摇头："还有其他的信息吗？"

"当然，先生。他兄弟四个，他是老大——他们四个都是抵抗军，战斗在秘密战线上。"

"他们当中有伤亡的吗？"我问道。

一时之间，威廉有些想不起来了。于是他走到档案柜前，仔细搜寻着相关档案，最终他拿出了一份。他翻开案卷，然后停顿了一下,随后说道:"没有,他们中没有一个人伤亡。有一个人,他最小的弟弟,曾被阿勃维尔[1]俘虏,同时被俘虏的还有一个叫作维罗妮卡的卡巴莱歌舞表演者。这儿写着,他们是林德曼斯最亲近的人。他们都在秘密战线上工作。"他一边用手指指着印有文字的页面一边说,"他们最后都被释放了。"

"为什么?"

他耸了耸肩:"这儿就是这么说的——他们最后都被释放了。德国情报机构释放他们似乎有点奇怪,不是吗?但这份报告就是这么说的。"

"还有其他情况吗?"我问道。我感到我的神经绷得越来越紧了,我心里最初的那种模糊的不安感开始转换成了怀疑感。

"是的,先生。几周之后,林德曼斯在突袭中被盖世太保抓住了,他的肺部中了一枪。后来抵抗军经过一场枪战把他从监狱医院里救了出来。"

"许多人丧生了吧?"

"是的——一名党卫军死了,两名受伤。但是抵抗军的损失更加严重。只有林德曼斯跟三名抵抗军人员逃走了,四十七名抵抗军人员丧生——他们在撤离医院的时候中了埋伏。"

"就好像德国人早预料到似的。"我慢慢地说道。

威廉瞪着我,他的眼睛眯成了一条缝,他能够猜到我心里的想法,随后他点了点头,没说什么。

---

[1] 阿勃维尔:魏玛共和国创建并几乎贯穿纳粹德国整个时期的德国国防军情报局。

"我要借这个档案两三天。"我拿起了放在桌子中间的档案,"如果幸运的话,我可以在上面再添加一两页。明天早上我就去布鲁塞尔。"

Ⅳ

来到布鲁塞尔,我发现自己面临的困难不是如何找寻熟悉林德曼斯的男人或女人,而是如何不被那些声称很了解他的数十人所骗。他是荷兰的"民族英雄",而且他在比利时也很出名,有很多人都想沾他的光,所以他们声称是他的亲密朋友。我可以另写一本书以记载他各式各样的诸多故事——有一些是真实的,但大多数都是出自疯狂的想象。然而我不是在寻找那些只和金刚待了一天就把自己看作金刚最值得信赖的战友的人,我想找到那些真正和他一起在抵抗军工作过的人,那些可以建构或者反驳我脑海里已形成的理论的人。

过了不久,我如愿找到了这样的人,我和他约在星星咖啡厅里见面。我们聊得很投机,从他的言辞中我确定他了解林德曼斯,他们一起工作过。

"你是从那次医院救人行动中幸运逃脱埋伏的人之一吗?"我问。

"不是。遗憾的是,我错过了那次行动。我是在那之后的一个月'获得'这个'小战争纪念章'的。"他脱下了油腻的黑色贝雷帽,指着头皮上的一道伤疤说道。这是一枚子弹打过留下的疤痕。

"死里逃生。"我评论道。

他咧嘴一笑:"是的,先生,就我来说,确实是死里逃生。如果它打得再往下一点,即便是一英寸,我就倒霉了。"

"什么战斗呢?"

"嗯,先生,我们当时正准备炸毁一座桥梁。我当时正弯下腰,把导火索固定在桥柱上,就在这时,就像这样……"他边说边快速地打着响指,一下,两下,三下,"子弹从四处射来——不知怎的,纳粹怕是听到了风声,他们设了埋伏。突然,我中弹了,我从桥上掉到了河里。我一直待在水中,直到水流——幸运的是,当时水流非常快——把我冲到了远离敌人枪口的地方。金刚,我们的领导人——他是无比伟大的——他从他们的鼻子底下溜走了。但是其他人……"他耸了耸肩。

"他们用什么射击的?"我问,"是机关枪吗?"

这个诚实的比利时爱国者把他那油腻的黑色贝雷帽戴到了头上:"很奇怪的,他们没用机关枪。我也觉得他们应该会用机关枪对我们进行袭击,但奇怪的是,他们用的是狙击手步枪。他们是想把我们一个个除掉,就像打活靶子一样。我们都中了枪,我们当时有八个人——除了金刚,他们没有打中他。他是什么样的人啊!他天生就是幸运儿!"

"奇怪,"我冷静地说,"他目标最大,但是他们没有打中他。"

"是啊,那么大的目标!但他比敌人聪明多了,这就是我们伟大的金刚!"

我开始在心里为金刚画像了。林德曼斯一面是抵抗军一位重要的首领。他的英勇、神力以及关于他的浪漫故事,让他成为很多荷兰爱国人士心目中的英雄;同时,这也让他在比利时很出名——他是天生的领导人,曾使纳粹蒙受巨大损失,为了祖国甘愿冒生命危险。然而可以证明他还有着不为人知的另一面的是四件怪事——当然,我还没有由此得出任何结论。当我指出他没有权利佩戴三颗金星的时候,他奇怪的表现令人觉得他并不像一个诚实的人,这让人很担心。他的弟弟及其朋友被捕之后,盖世太保释放了他们;但谁都知道盖世太保并不是一些乐于放弃间接报仇机会的人,何况对象是他们最痛恨的人。第三和第四件事虽然发生在不同的情况下,但显然,有人向盖世太保出卖了抵抗军,所以盖世太保才有足够的时间提前到达并设下埋伏。在这两次不同行动中,只有一个相同之处——他们的首领金刚逃脱了。现在的证据还很单薄,不足以下结论,但我坚信这绝不是一个巧合。

我为这位抵抗军成员又倒了一杯红酒。"他们说金刚对女人很有眼光。"我略显随意地说道。

"哦,是的,先生。他们这就说对了!他是那么的英勇,任何一个女孩都愿意付出一切只为让他用强壮的胳膊搂着。我告诉你,住在拉肯一座大别墅里的一位美丽的女继承人——他们说——她把自己家的珠宝,祖传宝物,作为军资捐给了金刚的抵抗军。"他的笑里有着包容之色,"他们还说金刚把这些珠宝给了布鲁塞尔的其他女孩。不过这些肯定都是谣言——谣言,关于金刚的谣言。任何一个伟大的人都会被那些嫉妒他的人造谣。"

谈话结束后,我立刻开车去了拉肯附近的别墅,找到了那位女继承人,她当时正在家。寒暄之后,我们聊起了林德曼斯。是的,她是把家里的珠宝都给了他,但她强调,她这么做是出于对抵抗运动的一腔热情。她觉得金刚是一个伟大的人,但是他也有自己的弱点。她怀疑他贪污了一些珠宝,没有把这些珠宝全部典当了以充当军费。

"你为什么这么说呢,伯爵夫人?"我问。

"我也不想说这些,因为他非常勇敢,为比利时作出这么多贡献。但是有一天,我看到镇里的一位女孩戴着我捐给金刚的一个绿宝石吊坠。要知道,她不是一个品行端正的姑娘。那个吊坠原是我母亲的,我认为那样的女孩不配戴它。我当时猜想,可能是抵抗军在当地典当了它以筹集军费,于是我问那个女孩能不能把它卖给我——我并没有告诉她这个吊坠曾经是我的。可她告诉我,这个是金刚给她的,如果她把它卖了的话,金刚一定会勒死她的。"

"你知道这个女孩的名字吗?"

伯爵夫人叹了一口气:"啊,要是只有一个这样的女孩也就算了。但不是的,有两个这样的女孩,米娅·泽斯特是其中的一个,另一个叫作——让我想想——啊,想起来了,玛格丽莎·德尔登。她们都是这里名声很不好的酒吧女孩。"

幸运的是,她说话的时候没有抬头看我,否则她会看到此刻我脸上那奇怪的表情。米娅·泽斯特和玛格丽莎·德尔登都是我记录在案的隶属于阿勃维尔的谍报人员——看来她们很有价值。

会面结束后，我开着车以最快的速度赶回布鲁塞尔。到了布鲁塞尔，我给安特卫普打了个电话，我的助手威廉接起了电话。他会有米娅·泽斯特和玛格丽莎·德尔登的地址吗？答案是肯定的。几分钟后，我拿到了地址。我从布鲁塞尔的荷兰情报机构借调了两位警察，之后我们一起匆忙赶到第一个地址。

我们来得太晚了，这座公寓是空的。米娅·泽斯特早逃跑了——我们后来得知，她逃到了维也纳。

我们跳上车，驶向玛格丽莎·德尔登的公寓。公寓的门反锁着，我们没有搜查证，但现在没有时间讲程序了。我们撞开了门，冲进她的屋子里，却发现她躺在床上，已奄奄一息。她应该是一个迷人的女孩，然而此时毒药令她变得可怖。她的脸已起了色斑，就像人们有时候看到的那些旧书和分类账本上面的有着大理石条纹的衬页。她的嘴唇是可怕的紫黑色，嘴角保留着一丝不快的笑容。我们立即把她送到医院，但当天下午她就死在了医院，没有吐露一个字。

现在，在我心里立案的"林德曼斯案"的两个重要证人已经可以从名单上注销了：一个及时地逃走了，另一个选择了自杀。她们始终都忠诚于林德曼斯。尽管对于金刚来说，她们都只是他所有女人中的其中之一。我们找到了那位女继承人的绿宝石吊坠，但这对我而言只是一个聊胜于无的安慰。

我又在布鲁塞尔待了一天一夜，我在黑暗的街道上转悠，走入肮脏的咖啡馆和烟雾缭绕的酒窖来打听更多关于林德曼斯职业生涯的细节。渐渐的，那些支离破碎的片段被我像拼图一样拼了起来。有人证实，当阿勃维尔抓走林德曼斯弟弟的时

候,林德曼斯正负债累累。尽管他在很多商人和平民百姓中很受欢迎,但这解决不了他欠下的巨大债务,债主们威胁要拿他的东西抵债。同时,我还了解到,和他弟弟一起被捕的卡巴莱舞者维罗妮卡从小就是林德曼斯的心上人。虽然他到处偷情,处处欺骗女性,但她对他的感情始终如一,而他最终也回到了她的身边。纳粹也一定知道这些,然而当他们逮捕了她和林德曼斯的弟弟后,却没有打断他们的一条腿,也没有钳下他们的指甲来作为这次逮捕的纪念——纳粹是不可能这么仁慈的。

还有人可以证实,当纳粹释放了他的心上人和他的弟弟时,他突然变得非常富裕。他不仅还完了所有的债务,还比以前过得更加放荡和奢侈。同时,他越来越鲁莽地组织起与纳粹的游击战。每一次的计划都比上一次更加生猛,因而每一次都伤亡惨重。但英勇的领导人总是能虎口逃生,他端起他的阿森纳武器猛烈地发射,用他自己的力量拯救了自己。他总发誓说一定要为被出卖的人复仇,那是一些令人毛骨悚然的威胁的话;然而奇怪的是,叛徒一直没有被找到。可悲的是,总不会缺少主动请缨和这可疑的金刚一起参与突袭计划的人,人们觉得即使是死在他身边也是一种荣耀。

让我感到很奇怪的是,没有任何一个人对金刚产生过怀疑,所有给我讲述金刚故事的幸存者,都对他的英勇和足智多谋钦慕不已。我想,迟早有那么一天,有人会怀疑为什么金刚每次总能安全逃脱,难道这真的只是奇怪的一次次巧合吗?经过进一步思考,我觉得他在用他那令人敬畏的名声,为他的叛徒行为作掩护。这个大摇大摆的巨人,有着英勇过往和奢华的生活方式，这让他在那些小人物面前几乎成为一个超人，一种坚不可摧的存在。他们像崇拜英雄一样崇拜他，他用硕大的手在他们的肩膀上一拍，他们便面带微笑地欢快地走向死亡；而事实上，这些不为人知的小人物才是真正的英雄。当然，也有一个不争的事实，林德曼斯自己也被射伤过，他的肺部中了一枪，之后便被德国的情报机构抓走了。

想到这儿，我的大脑停顿了一下：难道我指控他是一名间谍太过仓促？虽然我有很多对他不利的证据，但即使是荷兰纳粹情报部门的头儿也不会让一个有价值的特工仅是为了增加一些可信的被捕时的细节而去冒生命危险。

几个小时过去了，我一直都被这个问题困惑着，我接连不断地抽着烟。这是我整理好的故事中唯一一处不合常理的地方，而其他故事都可以指认林德曼斯为叛徒；然而就这么个难于解释的事实，却似乎可以消除他的嫌疑。但就在这时，我突然想到了一个可能的合理解释。我有一个惯用的分析案件的方法：不断地拼合案件的一系列证据，让它们变得相互匹配，没有矛盾。我想到了我去找米娅·泽斯特和玛格丽莎·德尔登这件事。为了找到她们的地址，我只能是打电话给安特卫普，尽管我本人在布鲁塞尔——这两个女孩的家乡，但当地的情报机构并不知道她们的地址，荷兰情报机构总部也不知道她们的地址，而盟国远征军最高统帅部却知道。其实我们都是一个阵营的，为了共同的目的而作战，但我们没有进行信息汇总。总有一些小小的竞争和妒忌，促使情报机构把自己搜集到的信息"果实"保留在自己的势力范围内。这样做的结果是，不同服务机构以及不同国家的合作效果总不能尽如人意,尽管它们是为了同一个目的而站在同一条战线上。

人性放之全世界都是相同的。我的判断合情合理:德国的三个情报机构——盖世太保、阿勃维尔、安全部之间也存在着类似的竞争。而林德曼斯是阿勃维尔收买的叛徒——他的两个臭名远扬的女朋友都是属于这个情报机构的;但盖世太保和德国的安全部并不知道这个信息。林德曼斯是声名赫赫的抵抗军首领,在人群中,他的体型和外貌又是最抢眼的,因而盖世太保一眼便看到了他,于是开了枪——他们只是在后来才知道他是一名颇有价值的"盟友"。

如果上面的假设是真的,林德斯曼的枪伤对他来说,可谓是"雪中送炭"!这无疑给任何怀疑他是叛徒的人回报了一记响亮的耳光。由于这极具讽刺意味的"好运",他可以毫无顾忌地上演从德国人包围中逃脱的戏码,也可以出卖他的同志,让他们去赴死。没人知道在被德国人占领的欧洲,有多少英国和比利时的特工因他落入盖世太保之手而遭受酷刑。

我认为关于林德曼斯可疑的证据已经足够充分,可以先对他进行一个讯问。我给在威特澳克城堡的荷兰情报机构总部发送了一条信息——几天前林德曼斯不是曾威胁说要举报我扯下他的金星的无礼行为嘛,不过毫无疑问,他没有这么做,但我仍小心翼翼地措辞,我不会透露我的真实目的,我只提到希望有机会能和他交谈。林德曼斯在高层有很多朋友,对一个著名的抵抗军首领而言,这是正常的;然而我可不想让高层们随意点评我的计划,或者故意"提醒"林德曼斯我的真正目的。

所以我只留下一句话,第二天早上十一点钟,请他到布鲁塞尔的城堡酒店会面,我和盟国远征军最高统帅部的官员都会在场。

第二天早上,我准时赴约。这是一个阳光和煦、温度适宜的早晨。似乎在阳光下,和平更值得期待。然而战争离我们太近了,它在所有的地方留下痕迹,甚至包括这个奢侈的酒店的休息室。军队驻了进来,商务风格的折叠桌和木头椅代替了之前社会精英们闲聊、喝咖啡时坐的奢侈的摇椅。

整十一点钟的时候,钟声在休息室里柔和地回响着,我却没有看到林德曼斯的影子。我没有感到不安,他不能避开这次会面,因为我的邀请很明确。我想他也许会迟到,以继续他的傲慢。我一边反复思量着,一边用右手握住我的瓦尔特半自动手枪——粗糙的锯齿状枪柄让我感觉舒适。子弹已经装好了,只要轻轻地扣动扳机,它就会立刻发射。我猜林德曼斯不会意识到这对他来说将会是一场决定他生死的会面,但我知道。相比他的身高和气力,我确实有一些弱,如果赤手空拳地搏斗,我的身体根本坚持不了几分钟,他会用他那双毛茸茸的大手把我压倒。不过,手拿这样的半自动手枪,就可以忽略我和林德曼斯身体上的差异。我有射击的天赋,而且我每天坚持训练几个小时——拿着我最喜欢的瓦尔特手枪练习,我早就成为射击专家了。假如林德曼斯对我的提问强烈抗拒,要是他还试图跨过小小的咖啡桌,面对他这么大的目标我是不会脱靶的。

几分钟过去了,我仍然没有看到他的影子。我本以为如果他想报复我让他在安特卫普营地受到过羞辱,他可能要迟到十分钟或者一刻钟，甚至半个小时；但现在已经是十二点多了，他还没有来，我开始怀疑也许我误判了他。难道他对自己的声誉如此重视，对与政治高层的交往如此充满信心，以致他敢于故意违抗这"特别命令"？

我等了将近两个小时才获知他不来的原因。两位年轻的荷兰中尉大步迈进酒店的休息室，从他们佩戴的明亮的肩章上我判断他们是荷兰情报总部的人员。他们来到我桌旁，向我敬了一个礼，其中一人说道："您在等林德曼斯吗，先生？"

"是的，我已经等了他两个小时了。"

"对不起，先生，让您久等了。林德曼斯不能来赴约了，他有其他任务。"

"其他任务？谁派的任务？"我变得很生气，但我不想让这些年轻人察觉。

他们站得更直了，语气里带着一丝敬意，就像信徒们谈到上帝一样："林德曼斯早上走的，他被派去执行一项非常特殊的任务。"

我的喉咙紧了一下，几乎说不出话来。我本希望我们的见面可以使林德曼斯的背叛行动减少——即使我不能立刻证明他是有罪的，但现在看来一切都迟了。现在，他不但成功地避开了我，而且就在此时此刻他可能已将抵抗军中勇敢的人们带入一个布置完美的陷阱。

"是跟内政部的人去的吗？"我问。

两个军官犹豫了一下，他们的表情是所有掌握机密的人都会有的表情："不，先生。他是跟着加拿大人去执行特殊情报任务的,但是我们不能告诉您这是什么样的任务。"

后来我才知道发生了什么。加拿大人需要一个真正值得信赖的当地人秘密地潜入当时还在德军手里的埃因霍温,以便和当地的抵抗军首领取得联系。这个人的任务是告诉当地的抵抗军首领,在9月17日,下一个星期六,大量的伞兵将会降落在埃因霍温的北部,他们要为此做好准备,集结他们的人员支援伞兵,并给当地的德军制造混乱。当加拿大人向荷兰的总部申请派遣一个合适的人时,他们立刻想到了林德曼斯,他们不知道林德曼斯可能是一名叛徒,而我正在调查他。没有人可以去责怪他们为什么不去怀疑林德曼斯,尽管他们在几个月前已经注意到他的庞大开销,他几次奇迹般的逃脱。而这些细节我只花了几天时间就把它们搜集整理出来,并理顺了逻辑关系。派林德曼斯执行这样的差事,我想,那就相当于在BBC新闻广播上提前预告了盟军伞兵降落的消息。

当然,当时我并不知道盟军伞兵将要着陆。我当时只是希望——一个虔诚的希望——他执行的这项特殊任务不要给我们亲爱的战士们带来严重的伤亡。我所能做的只是出具一份官方报告——虽然我已预知失败的结果——把它递交给盟国远征军最高统帅部。

V

三天后发生的事件在全世界广为人知,这里我只作一个简单描述。9月17日,战争史上人数最多的一次空降开始了。英国第一空降师的将近一万人在阿纳姆着陆。随后，两万名美国伞兵和三千名波兰伞兵分别降落到格雷夫和奈梅亨。他们的主要任务是夺取运河、瓦尔河和尼德赖恩河上的桥头堡，以保障装甲部队与这些前哨汇合后顺利渡河。这次行动的代号是"市场花园行动"。这是一项英勇的作战计划，一切都依靠空降的伞兵在敌人后方发动出其不意的袭击。如果德军的后方完全被占领，那么等到他们反应过来重新集结部队反攻空降兵已掌控的桥头堡，估计需要几天时间。这个时候，只要食物和炸药补给充足，伞兵就能坚持住，盟军主力部队就会顺利前进，最终会取得辉煌的胜利。

一切似乎都在按计划进行。9月16号的空中侦察显示，在阿纳姆地区没有德军的反常行动。但当天晚上，德军的装甲车悄悄地集结在了那里，占据了适宜降落地区周围的关键战略位置。第二天，伞兵从灰色的天空降落，他们不知道敌人早已埋伏好，当他们察觉出异常，却仍希望这只是一个巧合——碰巧德军在一向不被他们重视的地方加强了防守。

在这之后的九天里，伞兵与包围他们的敌人进行了英勇而无望的战斗，食物和弹药已经耗尽，敌人的包围圈越来越小，以至空投物资更有可能落在德国人手中而不是自己人手中。最后，两千四百名"阿纳姆红魔"战役的英勇幸存者们，打开了一条通往瓦尔河的退路，而在他们身后，是七千战友的阵亡。这样大胆的袭击计划失败了。蒙哥马利经历了他战争生涯中的第一次，也是最严重的一次失败。这次失败，使得战争又持续了八个月——杀戮和摧毁的八个月。在"黑色的冬天"里，因堤坝被毁、庄稼遭殃，导致将近二十万荷兰男女死于洪水和饥饿。然而，除了我之外，依然没有人去怀疑并调查这次行动失败的真正原因。他们将原因归结为"难免的事""手气"等等。只有我清楚，林德曼斯是一个叛徒。在我得知他跟随加拿大情报机构执行特殊任务时，我已经把那些线索理清楚了，还找到了四个怀疑点。

VI

当时，尽管我手头还有其他的案子，但我没有搁置林德曼斯的案子。但我递交给盟国远征军最高统帅部的报告，我猜，它会毫无疑问地整齐地躺在统帅部某个小柜里。情报机构有很多问题需要解决，它无疑只是它们当中的一个；更何况大多数长官看到这份报告都会拒绝受理——认为这个报告太离奇——指责盟军中著名抵抗军领袖是一名叛徒，不仅荒唐可笑而且居心可疑。这样的指控很容易受到政治和外交上的冲击，没有人愿意在人类所知的最大战争中卷入政治或者外交风波中。人们总是本能地把这个棘手且难缠的问题搁置起来，即使他们意识到这个指控的严重性。大概正因如此，所以在我递交报告之后，没有任何动静。每当我遇见在盟国远征军最高统帅部英国反情报机构工作的一个同事时，我都会给他讲关于林德曼斯的疑点。他是一个非常聪明的人，拥有一定的政治地位。他总是客客气气的，但我可以看出，他没有被我的推论说动。如果这样一个拥有足够工作经验且在反间谍情报机构工作的聪明人，都对我的讲述没有兴趣的话,那么盟国远征军最高统帅部里的那些坐办公室的官员,更不会采信我的说法了,何况他们手里还有那么多等待处理的各种各样的紧急问题。

六个礼拜了,我为逮捕林德曼斯而做的努力依然没有结果。确实,到目前为止,我没有证明他犯罪的直接证据,只有一些佐证。然而之后的一个晚上,直接证据戏剧般的到来了。尽管经历了阿纳姆失败,但盟军继续推进着,为每一寸失地而战斗。我当时在埃因霍温,刚刚结束了一个持续近三个小时的审讯。就像我在前文中所说的那样,我所有的助理以及交通工具都被调走了。我独自一人工作,对每一个嫌疑人而言,我既是审讯者又是法官以及狱卒。

眼前的这个嫌疑人名叫科尼利厄斯·万罗普,一个年轻的荷兰人。他最终承认自己是一名间谍——审讯中他破绽百出,而现在他又显得非常害怕。

我站起来,舒展了一下胳膊,弹了弹军装上的灰尘,而他则紧张地看着我。

"我要被枪毙吗?"他低声说道。他的嗓子太干了,以至都不能正常发音了。

我耸了耸肩,没有直接回答。很显然,他会被枪毙,因为他是一名间谍。

"我在阿姆斯特丹有一个年轻的妻子,先生,她是一个很好的荷兰女孩。她是无辜的,我发誓。"

"我们不会枪毙你的妻子。我们不是你的德国主子。"

绝望中他抓到了另一根"稻草":"我会给你们提供有价

值的情报,先生,来换我妻子的生命。"

"你是个傻瓜。"我说道,"在你被枪毙之前,我们总能让你说出你知道的所有信息。这非常简单,毫不费力。"

他给了我一个苍白但很狡猾的微笑:"你可以逼我说出你认为我可能知道的信息,但是你得不到你不知道我知道的那些事实。"

"好吧,我年轻的哲学家,你知道什么呢?"我的语气里带着一丝鄙夷。

万罗普急切地向前倾着身子,紧紧地握住拳头,看来他在努力回忆。接着他背诵出比利时和荷兰反间谍机构总部人员的名字和有关他们的情况——即使最高统帅部的人员都有可能不知道这些人员的身份。

"你们在布鲁塞尔的首席间谍叫作保罗·勒文,在阿姆斯特丹的叫作普雷米,另外……"他坐在桌子一旁流畅地背诵着。

我开始担心那些依然在德占区工作的间谍们的安危。如果这个叛徒都知道这么多的话,那么他的主子也许会知道得更多。我保持着原有的音调,尽量用随意的语气问:"谁告诉你这些的?"

他很机敏,希望又开始涓涓地流回到他的血管里:"阿勃维尔的基塞韦特上校告诉我的,当时我同他在德里贝亨的阿勃维尔总部。可是,到底是谁告诉基塞韦特上校的,您想知道吗?先生,您愿意做个交易吗?"

我累了,总是面对人性的堕落让我心生厌倦。我看到过太多像走投无路的老鼠一般的人,他们为了活命,不惜牺牲国家或者朋友,可是无论如何,我是不会做那卑鄙的讨价还价的勾当。由于没有助手也没有交通工具,我不得不亲自押送万罗普回小镇一所军事监狱。那时天已经非常黑了,我不想让他在押送途中逃脱,于是我举起了手枪,恶狠狠地看着他,说:"快点跟上,万罗普,我已经受够了你的讨价还价。你是一个叛徒,你的讨价还价只是在徒增自己的背叛次数。是你的纳粹朋友制定了这个游戏规则,而不是我。让我们用他们的方式玩这个游戏吧——谁告诉基塞韦特上校这些事的?"

希望从他脸上消失了。"我只是想活命,先生……"他做了一个表示绝望的姿势。

我猛地把枪举到了他面前:"站起来。"我想,在监狱里待一晚上会让他恢复理智的。

可是万罗普,这个惯于察言观色的间谍误读了我的姿势,他以为我要枪毙他了。"等一下。"他喘着气说,"我告诉你。不要开枪!是克里斯森·林德曼斯——金刚,他告诉基塞韦特上校的!"

VII

这样重大的收获却来得如此意外,关于林德曼斯的证据链完整了。我侧着身子,用我的枪戳着万罗普。他由于害怕而脸色苍白,他一直吞咽着唾沫。"是金刚把阿纳姆出卖给纳粹的吗?"我问。

万罗普点了点头，又用舌头舔了舔他发干的嘴唇，然后才结结巴巴地说："是的，他去阿勃维尔总部，告诉基塞韦特上校，在9月15号英国和美国的军队要空降。"

"他说了在哪里吗？"

"说了，他说英国的一个空降部队将在星期天在埃因霍温那儿空降。"

我移开手枪，若有所思地看着万罗普。可以肯定，这个可怜的胆小鬼把我拼图游戏中的最后一块挪到位了。但万罗普错误地理解了这个停顿，他跪了下来，说："你现在不会枪毙我了，对吗？我告诉了你我知道的一切。"

"我是不会枪毙你，"我说道，"但我不能保证部队不会枪毙你。军事法庭将决定你的命运。现在，站起来，跟着我走！"

这几年的工作经验告诉我，在工作中任由自己发泄情绪是危险的；但此时此刻，我再也控制不住自己的情绪。我因愤怒而全身发抖。尽管我已发出警报，但金刚还是被派往敌后执行重大而机密的任务，这让他有了对盟军造成更大伤害的能力。现在，由于无耻叛徒万罗普的告发，我的怀疑变成了事实。对于阿纳姆的悲剧我们已经无能为力，但至少我们可以让林德曼斯为他的背叛付出代价。

一将万罗普送回牢房，怒火中烧的我便急匆匆地来到荷兰情报机构总部。我闯入高级官员凌乱的办公室，看到我的同胞们正懒洋洋地躺在柔软的摇椅上，手里端着酒，陶醉在收音机播放的小提琴音乐中，这让我立刻火冒三丈。我站在那儿，由

于愤怒而说不出话来。

我的一个同事看了看我,然后说:"怎么了,平托?"他问,"你的脸白得像一张纸。"

这个温和的询问于我而言是火上浇油。我的愤怒爆发了。"把那个该死的东西关掉!"我大喊道,把拳头重重地砸到桌子上。立刻,收音机沉默了。大家都抬起头吃惊地看着我。我非常讨厌这些大张嘴巴的脸——他们全都瞠目结舌地看向我。

"他妈的!"我咆哮起来,"现在是时候说一说了。你们该明白,当我说一个人是嫌疑人时,我是认真的。而那时你们都干了些什么呢?你们直接把他送到敌人后方——让他带着关于战争的最重要的信息!"

"你是什么意思?"一个人问。

"林德曼斯——金刚。你们两个,立刻开车前往威托克城堡逮捕他。"

"逮捕林德曼斯?!你一定疯了!为什么?他赤手空拳就可以把这两个人像布娃娃一样摔烂。另外,他总是武装到牙齿的,对他动武无异于自杀。"

一位高级官员说:"无论如何,平托,你得说说你逮捕林德曼斯的理由是什么。你知道这将会是一个轰动性丑闻吗?"

我立刻给出了我的理由。我的态度一定向他们展示了我的决心。现在,只剩下一个问题了:怎么做就可以不用军官们冒着生命危险去执行逮捕。当一个人情绪被调动起来的时候,脑子里就会蹦出奇思妙想——我脱口而出一个方案。

"我有办法了。"我大叫道,"你们两个——你和你,去威托克城堡拜访林德曼斯，告诉林德曼斯，我们将因他的英勇行为而授勋给他。这将会极大地满足他的虚荣心。你们劝他先卸下身上的武器，再换上一件干净的衬衫，梳理一下头发，然后把他带往一个指定的房间。现在，我就用电传打字机给盟国远征军最高统帅部发送一条信息，要他们派遣十名军警到威托克城堡。当林德曼斯进入指定房间的时候，埋伏在那里的军警一拥而上把他制服。可行吗？"

我选的那两名军官咧嘴一笑，站了起来。"太好了。"其中一个人边说边扣上他的手枪带，"够他受的。告诉盟国远征军最高统帅部，我希望是最魁梧的十个。"

就这么个计划——成功了。正如我所料，虚荣心是林德曼斯的软肋。他一听到自己要被授勋，就像羔羊一样顺从，卸下了武器，认真地打扮了一番，然后跟随"牧羊人"来到那个专门为逮捕他而布置的房间。

金刚走在前面，大摇大摆的，一走进那个房间，便在那儿获得了嘉奖——十名军警把他扳倒压住，一阵搏斗之后将他制服。荷兰警察局没有一个适合他的手铐——他的手腕粗壮，于是就用钢绳把他的胳膊捆住。在安特卫普皇家空军机场，我命人把他的腿也捆上，他粗壮的腿很可能把机舱踢破——以一个引人注目的姿态从空中坠亡，怕是很能满足金刚的虚荣心。

飞机在英国着陆后，林德曼斯被迅速押送到伦敦郊外的一所乡村房间里，英国反情报机构人员在里面等着他。他们可能是全世界最专业的审讯者，不借助任何残忍的酷刑便可以获得最完整的供词。他们擅长评估嫌疑人的心理压力，擅长找到他的弱点,以便打破他的心理防御,从而获取事情的真相。对林德曼斯的审讯整整持续了两个礼拜。

当他再次飞回荷兰的时候,手上已被铐上了一副伦敦警察厅特别为他准备的棘轮手铐。他被关在了布雷达监狱,是我亲自把他押到他的牢房里。我打量着他,他身上的傲慢和粗鲁不见了,眼眉低垂,虽然没有一点迹象表明他受到过惊吓,或者一连几天没有睡觉——他那庞大身躯上没有一处黑青或者伤疤,也没有皮下注射器留下的针刺痕迹。但我手中却有了一份他完整、细致的供词,一共有二十四页,密密麻麻的。没有动用任何肉体酷刑,反间谍专家们通过掌控金刚心理套出了所有可以治他罪的证据。

我把这份绝密的供词带到了办公室,坐下来,开始仔细阅读它。于我而言,它比任何侦探小说都有意思——看见自己的猜测和推演被证实,确实是非常令人惬意。林德曼斯的背叛行为始于1943年,当时他正担任荷兰抵抗军领导人,正值声望高峰期。他是个放荡的好色之徒,而且穷奢极欲。他把积蓄都挥霍了,手头开始变得拮据。于是他想了一个巧妙的办法来充实自己的腰包。他说服一些富裕的女性——其中一些被他的肉体所吸引——捐出她们最好的珠宝,以帮助他抵抗军中的同仁从比利时、荷兰进入被占领的法国,再由法国最后到达葡萄牙。当时,有很多这样的妇女,或者她们的朋友、亲戚被关在纳粹集中营里,或者她们漂亮的房子被德国军官们占领着,所以她们很愿意为这位浪漫的抵抗军英雄提供帮助。

林德曼斯变卖了很多他募集来的珠宝,但这些钱从来没有用作抵抗军的军资。他把这些钱花在了酒窖、夜店里，花在了酒后的放荡以及为一些女人购买她们喜欢的奢侈品上——有些女人只有在拿到了喜欢的奢侈品或者闪闪发光的金子时，才肯让这个身形庞大的男人的熊掌抚摸。那些没有卖出去的珠宝，分给了他的情人们，他向她们吹嘘，这是他从纳粹手中夺来的战利品的一部分。

即便这样，那时林德曼斯也只是贪污并挪用公款，对于他的国家来说，他依然是一名爱国者。但是，连他自己都没有意识到，他正走向一条不归路；因为他终将站出来解释那些珠宝的去向——这只是个时间问题——除非他能用其他方式筹集到足够的钱来补足亏空。已经有一两名抵抗军的领导人开始对他奢侈的生活方式产生怀疑。在被德军占领的欧洲大陆，通过诚实的手段在短时间内获得如此巨大数目的金钱不是件容易的事。林德曼斯开始琢磨，如何在不放弃他所爱的奢侈生活的情况下将骗局继续下去。

1944年的2月发生了一件事，让整个事件发生了质的改变。他最小的弟弟和卡巴莱舞者维罗妮卡，在一次搜查中被捕。他们当时在一处以旅店作幌子的逃亡者避难所里。在林德曼斯多情的人生中，他和成百上千的女孩有关系，狂欢时，他甚至一次搂着三到四个女孩，但他对维罗妮卡却有些忠诚的感情。虽然他多次离开、多次背叛，但最终他总会又回到她身边。在林德曼斯架构的爱情大厦中，除了他自己之外，维罗妮卡占据着恒久的一席之地。

一个人一生中最糟糕的时刻莫过于得知他最亲爱的朋友

落入纳粹这样的虐待狂魔手中;更糟糕的是,他对此还无能为力。但实际上这样的事情在抵抗运动成员身上或者身边每天都在发生,他们所能做的只是咬紧牙关,冷静而理智地展开报复。一个真正的抵抗组织成员不能鲁莽,不能放纵自己的感情,否则他会使他更多的朋友和亲人丧失生命。

然而林德曼斯在控制自己的感情方面,要比他的同志们软弱得多。林德曼斯为维罗妮卡和他弟弟的命运而抓狂,同时,其他抵抗组织领导人对他在经济方面的怀疑也让他倍感压力;终于,林德曼斯决定和敌人做一场交易。他认识住在布鲁塞尔的两名为纳粹效劳的荷兰人:一个名叫丹东尼·达蒙;另一个叫科尼利厄斯·万罗普,也就是我那位在埃因霍温的"朋友"。林德曼斯在位于布鲁塞尔罗杰大街的格宏布勒维酒店的咖啡馆里秘密会见了这两人。在喝了一杯咖啡之后,林德曼斯提出为纳粹服务的两个条件:第一,立刻释放维罗妮卡和他的小弟弟;第二,巨额收入。万罗普立刻将此汇报给吉斯克上校。吉斯克上校当时是德国阿勃维尔的首领。吉斯克意识到,这是用两条小鱼换取一条大鲸的黄金机会。两天之后,他在布鲁塞尔乡下的一间房子里秘密会见了林德曼斯,在那里,他们谈了很久。

他们达成了协议。第二天,德国人信守承诺,将维罗妮卡和林德曼斯的弟弟从黑暗、潮湿的监狱里放了出来。在他们往"受到优等"的证明文件上签好字后,他们回到了鹿特丹大街上那春日阳光的自由之中。然而,意想不到的释放所带给他们的喜悦之情还没有消退,荷兰便进入了"黑色的冬天"——两万五千名鹿特丹市民因疾病和饥荒死亡。

金刚已经迈出了走向声名狼藉道路的决定性的一步,他一时间迷醉于金钱带来的膨胀感。他把收到的第一笔叛徒筹码,用于新一轮的寻欢作乐,在酒吧中酗酒享乐,在酒窖里摔跤、斗殴,比之前更加放纵。

事件的发展正如我之前猜测的那样,他的雇主阿勃维尔或许出于竞争需要,或许出于控制消息面需要,没有通知其他情报机构——林德曼斯拿的是阿勃维尔的薪水。一天,警察对位于鹿特丹的一处抵抗组织集会场所发动袭击,他们举着枪冲进了屋子里——林德曼斯当时正在那里。

这对于他来说是一个非常糟糕的时刻:他要么当着所有荷兰同志的面承认自己是一个叛徒,要么冒着突然被射杀的危险进行抵抗。他犹豫了一秒钟——他是个懦夫——他用一只手做了一个手势,这是一个暗号,可以让警察知道他是他们那边的。但就在他们的指挥官要下令别朝他开枪的时候,一名警察误读了他的手势,以为这个巨人正要掏枪,于是他向着这个庞然大物开枪了。一枚子弹打在了金刚的胸膛上,射穿了他的一叶肺。

金刚立即被送到盖世太保的医院,因为指挥官意识到他不是一名普通的抵抗组织成员。这次枪伤若放在普通人身上恐怕将是致命的,然而金刚凭借着"原始"的力量,于三周之后度过了危险期,进入了康复期。阿勃维尔的头子在医院里看望了他,给他制定了"逃脱"的计划,这样他就可以回到"自己人"的身边,继续做一名对阿勃维尔有利用价值的间谍。阿勃维尔的头子原来的想法是,为他安排一次"看似合理的逃脱",但林德曼斯却提出一个血腥的建议,其冷酷无情甚至让那德国人目瞪口呆。林德曼斯建议,当抵抗组织前来营救他时,让他们遭遇埋伏从而被歼灭,而他自己则可以上演"顺利逃脱"。我们知道,这个计划付诸实践了。多么不幸啊!他的四十七名勇敢的同志为了营救他们投敌叛国的领导人而牺牲了自己的性命。

在接下来的几个月里,他通过出卖盟国特工的名单,又拿到了德国人的赏赐。在德国人占领下的比利时工作的一组英国特工,有女性也有男性,他们因林德曼斯的出卖而被捕。他们在斯海弗宁恩监狱里被施以酷刑,直到仁慈的死亡来临时折磨才结束。这所位于海牙附近的监狱,有着各种各样的令人不寒而栗的"设计巧妙"的折磨人的刑具,相比之下,中世纪的拇指夹和肢刑根本不值一提。例如,将一个钢制的里面有螺丝钉的头盔扣在受害人的头上,用螺丝钉钉住受害人的头颅,然后通电,电流会刺击头部的每一根神经。当德国人撤离的时候,他们走得那么匆忙,以至来不及转移这些恶毒的、丧心病狂的刑具。这些刑具,是任何心智正常的人难以想象出来的——我第一次看到它们就毛骨悚然。然而,林德曼斯却为了弟弟和女朋友,为了金钱而出卖同仁,让他们遭受如此迫害。

那份名单上的大多数人我都认识,其中一些还是我的好朋友。我发誓,一定要将林德曼斯绳之以法,否则我不能安心。

他供状中分量最重的当然是出卖阿纳姆。当他被加拿大第一军派往埃因霍温地区通知抵抗组织做好支援即将到来的伞兵的准备时,他立刻想到,这是一个博取更大筹码的机会。他在埃因霍温完成了他的任务,但并非没有波折——当地的抵抗运动领袖对他产生了怀疑,并将他逮捕了。极具讽刺意味的是,加拿大人不得不派出一名情报机构的官员去保释林德曼斯,并担保他是一个正直的人。警钟已敲响,他却不肯停下背叛的脚步。9月15日,阿纳姆战役发起的两天之前,他在德里贝亨面见阿勃维尔的基塞韦特上校,告诉了基塞韦特上校那个重大的军事机密。林德曼斯确实没有提到"阿纳姆"这个词。后来,一家荷兰的报纸试图在这上面大做文章,他们声称林德曼斯没有出卖阿纳姆——因为他不知道降落的确切位置。

这样的说法纯属胡说八道。林德曼斯可能没有提到"阿纳姆",但是他确实告诉基塞韦特上校,伞兵空降地点在埃因霍温的北部——他亲笔签名的供词中就是这么说的。即使是一名军事爱好者都知道,大规模的伞兵空降是以占据一些重要区域并在预计时间内对其进行完全控制为目的的。伞兵作为现代战争中的"突袭利刃",太珍贵了,不可能让他们分散降落从而削弱力量。德国军事专家只要看地图一眼就能猜到那些空降部队会集中在"埃因霍温北部"的哪个地方。开阔的领域显然没有有价值的目标,有价值的目标是格雷夫、奈梅亨以及阿纳姆的桥梁。如果它们被夺取并被控制足够长的时间,盟军地面部队就能够与空降部队会合,打开一个指向德国心脏地带的通道。

所以,林德曼斯已被钉在永远的耻辱柱上。当他对基塞韦特上校说出"埃因霍温北部"一语时,他就成为出卖阿纳姆战役的人。

VIII

发誓要将林德曼斯绳之以法是一回事，完成这一誓言则是另一回事——就像我在前文中解释的那样，我手头还有其他的案子要处理，又受制于只有我一个人处理反间谍事务，而且我也没有一辆专车。其实，我也可以理解为什么一些荷兰军队的高级官员不愿意看到林德曼斯被公开审判，他们当中的一些人曾经对林德曼斯有过赞誉之词，他们不想让公众觉得自己缺乏判断力。还有一些人只是单纯地认为，如果一个受欢迎且很受人尊敬的人被证明是一个劣迹斑斑的叛徒，会有损荷兰抵抗组织的声望，这对战局是不利的，也会牵扯敏感的政治或外交问题。繁文缛节有时会缠绕在正义车轮之上，拉慢甚至阻止它的前进。真的就是这样。尽管我很荣幸地被召唤到盟国远征军最高统帅部，一位非常重要的人物对我捕获林德曼斯这样重要的间谍表示祝贺，然而随后我并没有如愿看到林德曼斯受审。

这之后的事情就正如我在前面提到的。在1944年的圣诞节前后，我病了，请假回了伦敦。那时英国报界获悉了一个秘密囚犯的故事。当时，林德曼斯被关在布雷达监狱里，他生病了，一些关于他要飞到英国接受审讯的消息被泄露了出去——谣传一个荷兰军官被秘密关在伦敦塔里面。这个"浪漫"的故事，或者说传奇，成了那些到处搜集博人眼球的猎奇故事媒体的头条。在我的建议下，荷兰政府派出代表来到英国新闻审查部门，申请对刊登此新闻的媒体进行审查，因为林德曼斯的案子依然在审理之中。审查部门同意了,而媒体也凭借他们良好的判断力和公共精神不再对这件事做报道了。

1944年,我的身体垮了之后,我彻底休息了三个月,甚至可以不管林德曼斯的案子——他待在原来的地方,布雷达监狱一间供我专用的牢房中,非常安全。但很显然,除了我没人愿意接手林德曼斯的案子。尽管我对此很气恼——他依然没有受到应有的惩罚,但我也会往好处想:他再也不能破坏盟军的任何行动了。对于林德曼斯而言,没有了欢呼的人群和谄媚的崇拜者,他又是一个身形庞大且经常做运动的人,如今几个礼拜都待在狭小的牢房中不能运动,想来他不会不为自己的未来忧虑——这些可能就是现阶段给予他的最重的惩罚。在1945年6月,我重回工作岗位,我做的第一件事就是把林德曼斯从布雷达监狱转移到"橘子酒店"——一座地下城堡,它是斯海弗宁恩监狱的一部分。他被关在一个之前关押过被他无情出卖的朋友的牢房里。林德曼斯知道,他面临法律制裁只有一步之遥了。

对于一个性欲旺盛且虚荣心极强的人而言,孤独会给他的身体和心理带来沉重的打击,他变化巨大。他食欲消退,迅速变瘦,又由于缺乏运动,肌肉变得松弛。虽然他的骨架永远不会改变,但因枯瘦,衣服倒像是搭在他的身上,活像个稻草人。他的头发白了,眼睛深陷,眼光呆滞。当我身体康复后去见他时,他要么倒地抽搐,鼻子里和嘴巴里冒着泡;要么趴在监狱的地上,尖叫着请求饶恕。对于一个为了金钱出卖朋友的人,对于一个造成阿纳姆七千多士兵死亡的人,对于一个间接使战争延长了六个月的人,他怎么可以期待饶恕呢?他为自己同志"订购"了"待遇",但这种"待遇"他自己却无法忍受——更何况他所得到的惩罚根本不能与德国人的那些"现代设计"所带给人的痛苦相提并论。看到他的样子,我心中只有鄙视之情。

我那时仍在荷兰反情报机构工作,我迫切希望拿到关于他的案子的档案,递交上去,以便对他进行审判。档案室有着严格的制度,只有高级官员在处理重要事务时才被允许进入。拿走任何档案,甚至一张纸,都必须准确无误进行登记。签名会被很仔细地核对,以防造假。在整栋楼周围还设有警戒线。我见识过很多安全措施,但我可以肯定地说,很少有可以和这里相媲美的,更不用谈超越了。

然而当我去拿我想要的档案时,它居然没有待在原位。我仔细察看了旁边的书架和附近的档案柜——万一有人不小心将它放错了地方——然而我还是没有找到。我去查档案索引,以确认当我不在的时候,档案没有被重新安置,然而我竟然找不到任何关于林德曼斯案件的条目。事实上,"林德曼斯"这一名字被人小心翼翼地、完完全全地删除了!

我立即追查。最后我得知,一位高级官员几天前要走了这份档案。于是我直接去问他。他承认他拿走档案有一段时间了,但是他把它交给了另一位高官。于是我去拜见那位高官。当我问他的时候,他一脸茫然,说他从来没有见过林德曼斯的档案。于是我又回到第一位高官那里询问,他同样表示惊讶。他发誓那位高官从他这里拿走了档案。于是,这件事情只好这么不了了之了。从那天起一直到现在,我再也没有看到过林德曼斯的档案,对此我也无能为力了。

IX

然而,我一直不断地、强硬地要求上级领导同意对林德曼斯进行审判,因而在很多人眼里我成了一个讨人厌的人。1945年10月,我突然被调离安全部门,后来还得以晋升,调到德国工作。其实,我早就在等待这样的调整了。之前和朋友谈笑时,我们聊到过这些事。有一句古老的荷兰谚语:"想要打狗的人,总会找到一根棍子。"逮捕金刚之后我所遭遇的种种使我早早意识到,一定会有一根棍子找到我的。

然而,我并不后悔,虽然结果并不如我所愿。祖国荷兰在我心中总是第一位的,我深爱着她;但是我总觉得,一个伟大的国家应该有足够的勇气让她的公民知晓事情的真相,尽管这样做以当下的角度来看有不利的一面。大多数的荷兰人不知道为什么阿纳姆战役会失败,他们被告知怪天气,或者怪"手气",怪蒙哥马利元帅在后勤补给无法确保的情况下贸然采取行动。他们不知道是自己的同胞,在这场战役开始之前,就出卖了他们。他们觉得似乎只要林德曼斯被悄悄地关在监狱里——不设时限——人们将永远不能知道真相。

就这样,时间一天天一月月地过去了,时间让污泥沉淀下来,连世事也好像清明起来。但是在1946年的5月,发生了一件怪事。那个时候我早已对林德曼斯一案的进展抱听其自然的态度了。战争结束整整一年了,英国媒体也已经不再受审查部门的限制。一贯维护人权、抨击官僚主义的新闻媒体，总能通过对新闻的发掘报道，给官员施加压力，以避免不公现象的产生。当时，报界开始刊载文章，要求了解"出卖阿纳姆的荷兰军官"以及"关在伦敦塔的秘密囚犯"的详细情况。随着报道的持续开展，不仅英国的报纸，连欧洲大陆原本持不同政治观点的媒体都一致要求要了解事情的真相。所有人问了同样的问题：一个"荷兰的军官"已经被逮捕了十八个多月了，他受到审判了吗？如果受到了审判，结果是什么？如果他没有受到审判，是什么原因让审判推迟了？面对这些质问，荷兰政府只有一种选择。他们宣布，在1946年6月末，一个特别法庭将对被指控犯有叛国罪的克里斯森·林德曼斯进行审判。

我必须指出，我对林德曼斯近况的了解要么是基于道听途说，要么是来自荷兰官方的陈述。因为那时我已经不在荷兰了，无法确切地得到关于他的第一手消息。如果真相真的比小说还要离奇的话，那么荷兰官方后来关于他的陈述便是毫无疑问的。由于没人可以获得反驳官方公报的证据，所以公众的唯一选择就是接受它；尽管还有着诸多谜团——一些不为人所关注的细节方面的问题不能有合情合理的解释，对于一个喜欢确凿证据的人来说这就是谜团。

就像我之前提到的，斯海弗宁恩监狱可能是荷兰最大的曾被纳粹用来关押政治犯的监狱。很多荷兰最英勇的爱国者在那里受尽折磨后才死去。当纳粹们被赶跑，监狱由盟军接手后，人们才发现，大多数的荷兰幸存者们已经病入膏肓，不能动弹了。于是人们在大楼里设立了一个配有特殊设备的医院，而这所监狱也渐渐地越来越像一家医院；因为人们只将大楼的一翼仍用来关押犯人。那里关着叛国者、通敌者、间谍等，克里斯森·林德曼斯便是其中之一。

长时间的关押使林德曼斯变得越来越虚弱，他已半身瘫痪了。他太消瘦了，皮肤松弛而下垂，似乎不是长在身上而是挂在身上。狱医知道他曾经肺部中枪，怀疑他得了肺结核，就把他从冰冷的石头牢房里转移到监狱医院里，给他进行检查和治疗。

在荷兰的监狱里，女护士并不常见，但是斯海弗宁恩监狱更像一个医院而不是监狱，所以在这里规定并没有被严格执行。尽管林德曼斯不再是一个肌肉发达的军官，但他仍拥有让很多女孩仰慕的名声，以及征服女孩的经验。根据官方的说法，林德曼斯依然有着男性气概，因而使得其中一位专业很娴熟、工作效率很高的有经验的护士爱上了他。

也许，他们在林德曼斯身体强壮的时候就认识了吧。那时，林德曼斯能一只手抓起一个成年人，把他们的头撞在一起，再把他们打倒在地；他还有着三个普通人的酒量，每夜能同时满足三四个女孩。也许这位护士被林德曼斯那"伟大的抵抗组织领导人"的名声所征服，拒绝相信对他有罪的指控。无论是出于什么原因——我们永远不会知道真相——她决定帮他逃脱即将到来的审判。

林德曼斯一个人被关在监狱医院的一间屋子里，门是从外面锁上的，屋内只有一扇很小的窗户，也被牢牢地锁着。这个房间位于几层楼的上面，距地面有几十英尺。想要从这儿逃

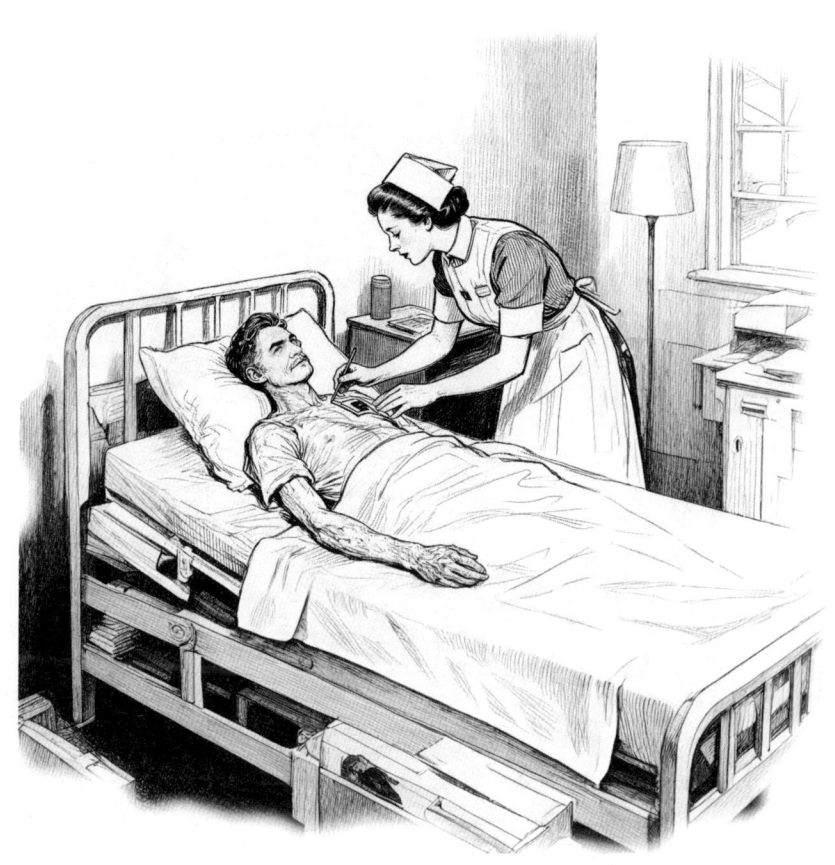

跑，对一个普通人来说都是不可能的，更别说对一个半瘫痪、身体状况不断恶化的人了。但官方的说法是，这个大胆的计划几乎成功了。护士暗地里将一把钢锯带到了林德曼斯的房间里。她用这把钢锯锯断了窗户上结实的铁栅栏，那些铁栅栏从表面上看完好无损，实际上只要轻轻一拧，就可以掰断。这是逃跑计划的第一部分。她有一个同谋——别名"会唱歌的老鼠"。很显然，"会唱歌的老鼠"是轻刑犯；因为在女护士的帮助下，他得到了照顾生病囚犯的工作。

如果你试过用一把锯条锯铁栅栏，你就会知道这不是一项容易的工作，尤其是在你不能明目张胆地去做的情况下。医院的护士总有很多工作要做，他们似乎永远没有多余的时间；然而，这个护士却有许多空余时间，她在没有引起同事任何怀疑的情况下锯断了林德曼斯窗户上的铁栅栏。当然，她一定是和"会唱歌的老鼠"轮流锯的，因为总得有一个人在房间外面望风，以防其他人突然撞破。他们的"工作"一定持续了很长时间，但居然一直都没有被人发现——这对于一家医院来说都是不可能的，所以对于一家监狱医院来说，这几乎是件难以令人置信的事。

这个计划的第二部分实施难度更大。解决了铁栅栏这一问题之后，他们又谋划采用什么方法可以让林德曼斯爬过窗户之后顺利抵达地面。关押林德曼斯的房间距离地面有好几十英尺，墙上没有像排水管之类的立足点。于是，在实施逃跑计划的那天晚上，"会唱歌的老鼠"把一根长长的橡胶管固定在储藏室的窗户上——那窗户恰好离林德曼斯的窗户很近，逃跑者只需要站在窗台上，抓住橡皮管，然后从上面滑下来。

这样的计划对于身体健康的林德曼斯来说，只要橡胶管能承受得了他的重量就毫无问题；然而现在的林德曼斯已经半身瘫痪了。当然，他的体重轻了很多，所以他下滑时胳膊不会太吃力。但这对于他来说应该算不上优势。几个月前，我最后一次看到林德曼斯的时候，我相信，他的身体已虚弱到无法攀缘一根绳子的地步。然而我得到的消息却是，他在黑暗中尝试了这一"不可能"——即使一个训练有素、刚毅坚决的飞贼，也会因几十英尺的高度而犹豫不决。

关于他的逃跑，官方版本是这样叙述的：他成功地从橡胶管上滑下来，到达地面。不幸的是，他滑下的时候制造了太大的噪音，巡警听到了，他们把他逮了个正着。几分钟之后，他再一次回到了牢房里。

这样一个马上就要接受审判的重要囚犯，经过几天的策划，几乎成功逃跑——在内部人士的帮助下。发生这种事情，当局通常会集中精力逮捕他的同伙。不需要花费太多的想象力，不需要进行太多推理，就可以发现这个孜孜不倦照顾囚犯的护士在帮助他实施逃亡计划。即使当下不能证实她是共谋，也应立即让其他护士取而代之。但是由于一些我很难弄懂的原因，她竟没有被逮捕，甚至也没有被免除职务。

接受法律审判的日子马上就要来临了，很快，全世界都将知道林德曼斯所犯的罪行，一个受人欢迎的偶像人设就要被永远打碎了。但是命运——或者人为干预——再一次和世人开了一个玩笑。距审判还有两天时，狱警在对牢房进行例行检查时发现林德曼斯躺在床上死去了。他身上躺着那名护士,她一动不动,但依然还可以呼吸。她被立即送往医院,他们给她灌下催吐剂,所有现代医学的辅助工具都用上了。终于,她醒过来了,活过来了。她承认她给林德曼斯吃了八十片阿司匹林,自己也吃了同样数量的药片。他们私下达成了自杀协议,她说。

就这样,叛徒逃脱了法律制裁。现在,他已经不在法律的威慑范围之内了。那么帮助他最后得以逃脱的那个护士,她最后怎么样了呢?她应该面临指控。她帮助囚犯越狱、自杀,自己也自杀未遂;然而这个护士不仅没有牢狱之灾,没有被判刑,而且后来还在荷兰得到一个官方职位。这对于我来说是一件神奇的事,我一点儿都不能理解。

再说说科尼利厄斯·万罗普,那个承认自己是叛徒的人,他的证词夯实了我对林德曼斯有罪的怀疑。他后来怎样了呢?他也没有被公开审判过,事实上,他也被免于起诉了;因此也就没有了关于他被判刑的记录。我从其他地方得知,他随后被荷兰政府委派到德国担任公职。这对于一个向敌人出卖自己国家的人来说,不啻一份"特别的奖励",我几乎不能相信。

为了审判林德曼斯而组建的特殊法庭,在法官会面之前就解散了,几家荷兰报纸简单地报道了他死亡的消息。关于他的案子就算正式结束了。

就这样,林德曼斯这个叛徒,虚荣、野蛮而又胆小的好色之徒,最终还是靠着女人脱逃了审判;当然,他的被捕也起始于女人。假如他不是想从安特卫普的营地救出两个女孩的话,我永远不会对他产生怀疑。

无可置疑，他是一名叛徒。我遇到过很多这样的叛徒，但到目前为止，他是最令我痛恨的：不是因为他荒唐的生活方式，而是因为他给盟军造成的损失。尽管没有人认可由于他的叛徒行为让战争又延长了六个多月；但英勇的"阿纳姆红魔"行动中的七千人的伤亡，勇敢的抵抗组织成员的死亡，以及那些被他出卖给秘密警察而饱受折磨的特工人员的死亡必须归罪于他。林德曼斯的死，使这个世界永远不能通过审判获知他的全部罪行。有很多人想尝试着洗白关于他的记忆，他们中的很多人都有官方赞助。英国媒体也报道了林德曼斯死亡的消息和他的生平，但否认金刚出卖阿纳姆。于我而言，林德曼斯不是一个走错路的不负责任的大男孩，而是一个卑鄙的叛徒，为了自己的"胃口"，冷酷地出卖秘密情报。

这是我第一次写下知道的全部事实，在我故事的后半部分，我不得不依赖官方的"宣传"，但我行使了我的权力——对这些事实进行评论。读者也可以自己评判，看看摆在眼前的证据，得出自己的结论。永远记住，承认自己国家可能产生这样或那样的叛徒不是一件开心的事，但是从长远的角度来看，承认事实更明智、更安全。那些没有儿子或者女儿背叛的国家该有多么幸福！

穿着蓝色衬衫的少女

反间谍情报工作人员必须具备强大的自我克制能力。我本应该在之前的文章中，在谈论反间谍情报工作人员的必备品质时，着重强调这一点；因为后面我为读者讲述的案件都和此有关。一个反间谍工作人员应该冷静地、毫无感情地处理案子，就像科学家用显微镜观察细菌切片时那样。一旦他放任自己的情绪或者感情参与其中，他不仅会判断失误，而且可能会在一段时间丧失他成功结案的能力。

一个人成为间谍总是出于各种各样的原因，无论男女。有一些人自愿成为间谍，因为他们渴望冒险，或者是觉得这样的工作富有魅力，总能令人兴奋；还有一些人可能是因为贪婪，或者因为追求个人利益而成为间谍；也有一些人，比如像那位年龄比较大的荷兰邮政人员敦克尔先生，是由于不能承受让亲人忍饥挨饿的压力而被迫成为间谍的。然而另有一些人，他们成为间谍是因为他们是真诚的爱国者，愿意竭尽所能帮助自己的国家。有些时候，一个人成为间谍是由于两个或者两个以上的原因。虽然成为间谍的原因不一样，但大多数间谍在他们被怀疑或被拘留审问时都会想尽办法来争取性命——就像是一只被逼到绝路上的老鼠。

对于一名反间谍情报人员而言，在他审讯已是穷途末路的间谍时，如果让情绪左右了理智那是相当危险的。他不能把嫌疑人当作一个只要供出实情就会被处以绞刑或者被枪毙的人。如果嫌疑人很顽固，他不能失去耐心；如果嫌疑人狂妄自大，试图嘲笑他的判断是错误的，他不能发脾气。在审讯的时候，他只能是一位冷酷而有智慧的人，且不带有任何感情，除非他认为适当地展现自己的情绪会有助于他处理案件。结案后回忆过往，反间谍人员可以钦佩某个足智多谋或者坚定顽固的间谍，也可以对某个间谍的目的和行为表示鄙夷——只要他认为他们的行为符合这样的评价。所有这些感情，在结案之后释放是合适的，但是如果案子还在进行当中，表露感情或许是危险的；因为，它们就像照镜子时你呼在镜子上的水气一样，可以模糊事实、混淆判断。

　　道理大家都懂，但我必须承认，没有任何一位有着相当工作经验的反情报人员敢于说，他不曾在他处理过的众多案件中让个人的情感参与进来。无论我们如何下定决心，如何克制人性的弱点，我们毕竟是人类，无法保证永远不会发生我们不想要的特殊情况。

　　下面我要讲述的故事我没有亲自参与，但我相信这是一个真实的故事，因为故事的主角是一位最值得信赖的人，他也是服务于第二办公室的最可靠、最有效率的特工。他告诉我这个故事，并不是为了向我证明他的能力——这绝对不是那样的一个故事，他的工作我看在眼里，他不需要向我证明他作为特工的优长。二十五年来，我一直替他保守秘密，现在他去世了，我可以把他的故事作为一个完美的例子讲出来，这个故事就像那位讽刺大师居伊·德·莫泊桑所讲过的故事一样精彩。

在第一次世界大战之后的那几年，我曾到巴黎处理一件在这儿不需要详细讲述的案子。我当时和第二办公室进行了最深入的合作，他们将他们最值得信任的特工之一亨利·杜邦（这不是他的真实姓名，因为他还有很多亲人，包括他的妻子都还在世，所以我还是不在这里透露他的真实身份了）派给我。我们在一战期间就见过几次面，已经非常熟悉了——那个时候我偶尔和第二办公室有合作。随着交往的深入，我们的友谊不断地加深。当案件结束后，我们决定去巴黎最好的餐馆用美食来庆祝一下。

这确实是一顿非常美味的晚餐。当我们用最舒服的坐姿点起雪茄烟，在微醺的状态中，带着欣赏的目光，摇晃着我们玻璃酒杯里最后一点儿昂贵的白兰地酒时，我们沉浸在令人愉悦的气氛中；只有柔和的心情、精心烹饪的美食、精致的葡萄酒才可以酝酿出这样的情趣。我们两人没有一个人喝醉，确实如此。当这个世界没有任何问题，我们可以用不属于充满战火味的响亮的声音说话时，我们两人的心情都格外好。

就像老朋友在一起时那样，我们深深地挖掘着记忆，讨论我们两个人各自处理的，或者共同处理的案子。我们回忆着做特工的经历，在柔软时光的过滤下，所有的痛苦和问题都被过滤掉了，剩下的只有成功和兴奋。但渐渐的，我们的对话转向了我们两人都经历过的失败。重新回忆起那些暗淡时光时，我们都无法释怀。接着我们的谈话又转向了那些我们不得不作出艰难决定，以及我们无法确定真相以致后来走入死胡同的情形。我告诉亨利，我曾经处理过一个案子，尽管我确信我的嫌疑人是一名间谍，但我无法证明，最后我还是把这个人释放了，但即使到我死亡的那天，我也坚信，他是有罪的。

我说完之后，我们之间有片刻的沉默，我注意到亨利正在出神地盯着浅口玻璃酒杯的底部，显然，他陷入了沉思。我向服务员点点头，他走过来，给我们倒满了酒。我打趣道："快点，亨利，我的朋友，说说看，你有没有遇到过很难作出决定的情形呢？难道你的职业生涯里只有一成不变的成功吗？你的工作没有任何瑕疵吗？难道你，就像加拿大骑警说的那样——总是可以抓住要抓的人吗？"

亨利抬起头来，凄惨地笑着。我看到他紧紧地抓着酒杯，手上的指关节都变白了——有那么几秒钟，我怀疑是不是我哪句不得体的话语伤害了他。忽然，他"嘶嘶"地吹了一个口哨，深呼了一口气。

"好吧，老朋友，你触摸到了我的痛处。有一个案子，我永远不会为之感到骄傲的。直到现在，到了晚上，我仍会时不时地回想起来——你知道当身体已经很累，但大脑依然拒绝休息是什么感觉。我其实没有必要感到羞耻，我到最后还是履行了自己的职责。但是为什么这件事要发生在我身上呢？我怎样才能忘掉她的面孔呢……"

他停了下来，认真看着他的雪茄，雪茄的燃烧面不太整齐。他舔湿指尖，轻轻地抹弄燃烧得不整齐的地方。他似乎把注意力集中在雪茄烟上了。

"告诉我吧！"我轻轻地说。

他把头抬起来,朝我笑着,这是一个甜蜜的带着悲伤的微笑。"也许,我应该告诉你。我从来没有跟任何人吐露过一个字。向别人透露一个秘密,就好比重担有人分担——至少对于我来说,是这样的。"

他停顿了一下,摇着他酒杯里的白兰地酒,然后把酒杯斜着举起来,喝了一口,在咽下去之前,他用舌尖细细品味着。

"我的故事,确实发生在我身上的故事,"亨利·杜邦说,"它本可以发生在你或者其他任何人身上。那年,我被第二办公室任命××职务,负责安全工作,一年都没有休假。你记得那个营地吗?那里有一百多名安全部门的官员需要安排工作和假期,但一共只有两三个人能够获得度假的机会。因为每天都有新的嫌疑人被送进来。我们每天必须白天工作一整天再加班半个晚上——每天都这样,就这样嫌犯的总数还有增无减,上一个处理完毕的嫌犯刚空出位置,立刻就有新嫌犯补上,那情形就好像我们的工作没有任何进展般,而我们就像是在卸一艘没底的船。

"我在营地工作了六个月之后,到了可以休假的时间。但我不想离开,工作量那么大,少一个人,就会给同事带来更多的压力。我很有集体感。你明白那是怎么回事。再说,我喜欢我的工作,在智力上胜过敌人的间谍是一件令人兴奋的事。一周又一周过去了,我的休假被无限期推迟了,直到我迎来来营地一周年纪念日。等到第二年,我开始感到精神和身体有些不堪重压了。我不但在下班后对同事报以冷漠和不耐烦的态度,而且在上班的时候也开始犯些小错误。别人轻微的挑衅就会激得我发脾气，有时候我会朝我的嫌疑人大喊大叫，辱骂他们。渐渐的，我开始记不住细节，有时候我会结巴，理不出案件的逻辑。我开始失眠，神经经常绷得紧紧的，但我依然坚持工作，不肯承认自己已是十分疲惫；直到有一天晚饭后，指挥官来到我身边，命令我去休假。我表面上很不情愿，心里却对他充满感激之情。

"我没心情去感受巴黎的喧嚣，我选择去L镇。那是一座小镇，也可以说是一座村庄，距离营地有二十英里远。那是一个安静、平和的地方，战争似乎远离那里。当天晚上，勤务兵为我收拾好手提箱，第二天早餐之后，我离开了营地。

"当我抵达L小镇的时候，我立刻变得精神抖擞。我再一次看到了蜿蜒曲折的、狭窄的街道以及古雅的老房子。一条河流绕着小镇转了半圈，小镇则优雅地躺在它的怀抱里。阳光照耀，小鸟叽叽喳喳鸣唱，一年了，我第一次感到自己像一个无忧无虑的旷课的男孩。我在一个价格合理的酒店预定了房间。在房间里洗漱完毕，我打定主意，无论发生什么事情，我都不去想战争状态或者我的那份特殊工作。这十四天，我选择让自己生活在真空里。

"酒店很干净，服务员也令人满意，服务非常周到。午餐前，我坐在洒满阳光的露台上，从这里可以看到一条银色的小河在花园的尽头流过。我抿了一口法国绿茴香酒，因为是度假，所以生活似乎看起来又很美好了，于是我喝了一口，又喝了一口。之后，我来到餐厅准备吃午饭。

"餐厅里并没有很多人。我几乎想都没想便用职业眼光去打量他们，试着猜测他们的职业。在一个角落里坐着的两位显然是农民，他们热火朝天地谈论着关于收成的话题。一个比较年长的人，穿着黑色的衣服，举止得体地独自坐着，专心品尝着食物，他可能是一名公证人。还有一两对毫无特别之处的夫妻各自坐着。当我的目光落在我对面桌子时，我立刻把刚才那些人全忘掉了。对面桌旁坐着一位穿着蓝色衬衫的年轻、漂亮的姑娘。她一个人端庄地坐在那儿，尽管她的眼睛没有离开她面前的盘子，但是我的第六感觉告诉我，她注意到了我的存在，就像我注意到她一样。

"你应该能理解——一年多来，我在社交圈以及我审问过的所有女性嫌疑人中从来没有遇到过一个像这个年轻女孩一般让人赏心悦目的。我那时很年轻，而且单身。我希望不论自己多老时，看到富有魅力的美丽异性时，血液都会加速流动。何况那时，我有着度假时的好心情，罗曼蒂克是不会和假期失之交臂的。

"我一边悠闲地吃着午餐，一边偷偷地打量着美丽的邻桌。当我的目光与她的目光相撞时，我就举起酒杯，无声地和她干杯。她总会脸红，害羞地一笑。在午餐快要结束的时候，我叫来一位年长的服务员，请他代我向邻桌转达我的敬意，我还提议，既然我们都是一个人，我可以到她那桌去喝咖啡。服务员犹豫了一下，但还是摇摇晃晃地执行"任务"去了。我生怕她拒绝，虽然我确信这样的事情无论如何不会发生。果真没有发生。女孩再一次红了脸，她向服务员点点头，朝我这边笑着。我立刻站了起来走向她。

"我们开始时说了一些客套话,但法国人不像英国人,我们不习惯把天气作为一开始主要讨论的话题,因而不久之后,尴尬化解了,我们开始了愉快的聊天。她的名字叫玛丽,在巴黎的一家公司做秘书,来这里度假。为什么?我问她,像她这么迷人的女孩为什么会想在L镇这样毫不起眼的地方来度假?这里几乎没有什么娱乐设施。她耸了耸她那非常美丽的肩,笑了。她说,巴黎是一座美妙的城市,但是太过狂热、太纵情享乐。那里到处都是休假的军人,他们似乎只想榨干生命中最后的快乐——他们害怕重返战场后快乐不再。她父母住在一座离战区非常近的乡村里,所以去看望他们不太可行。因而她和她的女伴决定去安静的L镇度过一个安静的假期。她们认为这是一个古雅的小镇,自有一种安静的魅力。但在最后一刻,她的女伴因为家里的原因,不能同她一起来度过这个假期了。于是,她不得不一个人前来,今天早上刚到。"

"她说完这些话之后,"亨利继续讲道,"她让我介绍一下我的情况。我告诉她自己受雇于法国主要通讯社哈瓦斯通讯社。这是真的。你应该记得在战争期间,我们所有法国反情报机构人员名义上都登记在哈瓦斯社,以此作为对我们秘密活动的掩护。我对她说,我同样也厌倦首都狂热的喧闹,希望拥有一个安静的假期。我心情愉悦地朝她一笑,现在看来,我的假期可能不会像我所预期的那样平静和单调。她的脸上显出兴奋的表情,她的眼睛里闪烁着快乐的光芒。"

"我继续展开攻势。"亨利说,"那天下午天气很好,灿烂的阳光照耀着一切。我说,也许她在午饭和晚饭之间的这段时间有一些计划。她看上去有些发愁,说她想租一艘小船,沿河看看风景,但其实,她并不是一个划船高手。这是一个多么奇妙的巧合——我告诉她,刚好我也正想在河面上划船,更巧的是,我是划船的行家里手——也许是全法国最出色的船夫,因为我家祖祖辈辈都是船夫。我对她说,如果我们每人租一艘船,对国家经济自然是有好处的,但各划各的,她又缺乏经验,可能会冒很大的危险。我问她,愿不愿意赏光,和我坐同一艘船呢?几分钟愉快的交流后,她美丽的脸红了,接受了我的邀请。

"下午稍晚一些时候,阳光明媚,我们一起来到了栈桥,租了一艘船。她仰卧在船尾的垫子上,而我面对着她,慢慢地将船向上游划去。当然,我不像自己声称的那样是一名高手,但我能很好地控制桨,让船直线前进。战争和职责似乎被我抛在九霄云外。河水从我们身边流过,鸟儿不停地啼叫,岸边的榆树和柳树在夏日的阳光下显得分外绿。"

"炎热的天气把我们的友谊催熟了。"亨利继续说,"很快,我们就好像已经认识几个月了,甚至几年了,而不是几分钟、几个小时。我们不必一直高谈阔论,当细细碎碎的阳光透过河岸边树枝的缝隙漏下来,当流动的水面上闪动着斑驳的影子时,我们时不时地陷入美妙的沉默——这是进行下一步轻松谈话的前奏。我在酒店订了一份野餐用的餐食,大约向上游划了一个小时后,我将船停在了河边。岸上的林地间有一块空地,我们下了船,在岸上吃了一些零食,又开了一瓶酒。我们懒洋洋地躺在温暖的草地上,聆听着回荡在林地上空的蜜蜂嗡嗡声和鸟儿的啼叫声。我坐起来,取出了一盒香烟,之后伸出胳膊支住身子望向玛丽。玛丽躺在我旁边,她美丽的面孔在阳光下发光,她柔软的胸脯在蓝色的衬衣下面起伏。她像一只心满意足的小猫般伸展着,朝我笑着。突然,一个冲动涌来,我弯下腰,轻吻她。她的嘴唇非常温暖、诱人,很长一段时间,我们紧紧地抱在一起……黄昏时分,我们又坐上了船,然而我并没有划船,而是让小船随着流水向下游漂,玛丽和我并肩坐在垫子上。我们没有多说话,总是情不自禁地亲吻。我的胳膊搂着她纤细的腰,我的手迷失在她那丰满、柔软的胸前。"

"你会明白的,"亨利说道,"在这个阶段,我们还没有开始恋爱。你长期生活在英国,英国人整体来说是一个极端拘谨的民族。他们不会承认自己因肉体上的满足而快乐,他们不会因为享受那个过程而互相亲吻。啊,不会!即使是对于拉手这样的事,他们也觉得必须先得有了伟大的激情。法国人的逻辑是——就像你说的那样——完全本末倒置,直到我们知道身体是否适合彼此,我们才知道这是不是爱情。玛丽和我喜欢彼此的陪伴,我们从亲密的接触、亲吻中获得了愉悦感。随着时间的推移,我想我们之间的吸引会加深,我们会深深地陷入爱情。但是,我们对待感情的态度是顺其自然。我们现在都在假期,远离罪恶、可怕的战争。就让一切顺其自然吧。与此同时,让我们好好享受今天。

"那天晚上,我们一起吃饭。吃完饭后,我们一起沿着河岸散步。你知道L小镇是一个非常安静的小镇,娱乐项目很少,但我们不在乎这些。我们还很年轻,血管里流着热血。这世界

上最古老的娱乐方式对我们来说已经足够了。我们没有讨论我们感情的走向，当我们返回酒店的时候，休息室已经空无一人，旅客们大概都已经上床睡觉了。很自然，我们回到了我的房间。窗户大开着，窗帘也拉开了，月光涌进屋子，屋里的空气是那么的柔软。玛丽站在那里，在银色的月光下，就像一尊白色的温暖的大理石雕塑。接着，她没有说一句话，钻进了我的胳膊里。我搂着她，把她紧紧地抱住。她的胳膊搂住我的脖子，像所有爱恋中的女人一样，她在我耳边低语着、呢喃着。

"她喃喃低语着……起初，我几乎没有在听她说什么，但当那些单词穿越激情直逼我去理性对待时，我听懂了——玛丽在低语：Ah, ich liebe dich.[1]

"我的四肢一下子变得冰凉、无力。我的爱意立刻烟消云散，就像我突然发现我怀里抱着的是一具尸体。我的直觉以及我在反情报间谍机构这几年的训练都让我对她满是怀疑。会不会是我听错了她那充满爱意的呢喃？不，不会！我还没有愚蠢到那个地步。玛丽，这个可爱、迷人的女孩，告诉我她在巴黎工作，却在这最忘情的时刻，对我说德语！

"慢慢的，我挣脱出来，我发现我不得不把她推开。玛丽身体依旧很热，她颤抖着，她不理解我为什么突然改变了心情。我拉开灯，她满脸通红，很是惊讶——她没有意识到她刚才说了什么，只是慌乱地看着我。

"'怎么了，亲爱的？发生什么事了？'

---

[1] 此句为德语：我爱你。

"我脱口而出脑海中想到的第一个借口:'我得去买一包烟,我的烟快抽完了。'

"她躺下来,愉快地笑着。'烟?这么晚了,你去哪儿买烟呢?'说罢,她指着放在床头柜上的几乎还是一整盒的烟说,'即使你一晚上不停地抽烟,那盒也就足够了。我明白,分享快乐可以让你忘掉吸烟这回事。要不然,你是在找逃避的借口吗?告诉我真话吧!'

"她撩人地一笑,向我伸出双臂。我挣扎地穿上裤子,把脚硬塞进鞋里。'对不起,玛丽。'我回答道,'但是我再也没有做爱的心情了。不要逼我说得太明白,因为我已经是在逃避职责了。我现在准备出门去买烟……怎么说呢?准确地说,我会在半个小时之后回来。如果我回来的时候你还在酒店,我就只有一个选择了——逮捕你,并把你送到最近的军事总部。'

"'逮捕我?亲爱的,你是不是病了?或者你在开玩笑?'

"'没有开玩笑,亲爱的——我多希望自己在开玩笑。不要让我说得更明白,好吧?!也许你明白,我说我受雇于哈瓦斯通讯社的意思是,我实际上是为第二办公室工作。你明白了吗?'

"'但是,我做了什么了?'

"'我们不要浪费时间了。你一直对我很好,我感激不尽。但是现在必须说再见了——我请求你,让这再见成为永别。我已经失职一次了,不会有第二次。'"

"我没有朝后看,甩上门,回到了河边。几小时之前,我是那么的快乐。"亨利继续说道,"还没多久我就在月光下踱来踱去,疯狂地吸着烟,痛苦地思考着。玛丽是一个德国间谍,这一点我敢肯定。我想起了她的自我介绍,在我一心想度过一个美妙假期时,我毫不疑心;现在回想起来,疑点重重,成了那三个该死的德语单词的佐证。然而,是她让我这一天过得那么快乐,在这一天快结束的时候,她诚心诚意地把自己的一切都献给了我,没有任何其他的目的——我穿着便装,她不可能知道我和军队有联系。我们谈话中也没有任何能促使她引诱我的内容,她不可能期望从我这里获取任何信息。也许她和我一样,也是在度假,一时之间忘记了自己的职责。但是现在,回到那个点上——她是一名间谍。作为一名忠诚的反情报工作人员,我本当立即将她逮捕;但是,我依然是个男人,一个有血有肉的男人,现在,爱国主义不得不给血肉之躯让路。

"我来来回回地踱步,多希望我的推论是错的,多希望当我结束这半小时的煎熬后,返回旅店时,我看见玛丽依旧在那里,也许她会对我的行为感到又好笑又好气,也许我们会很尴尬;但无论如何,她不会理会我的那些警告,因为她是无辜的。半小时很快就过去了,回去的时候,我几乎相信我可以再次看见她。但是,没有!我的屋里是空的。在走廊尽头,我轻轻地推开她房间的门,里面漆黑一片。我仔细地搜查了一遍,里面没有任何行李,甚至没有居住过的痕迹。玛丽逃跑了——在我说了那些话之后,也就是说,她承认她是一名德国间谍了。"

亨利停顿了一下,掐灭了他的雪茄烟,他的故事好像也结束了。我知道该我说话了,我说:"就是这样,命运多舛。""等等,"亨利插话道,"这不是结尾,后面还有一个续集,一个野蛮的补刀式的续集。""告诉我吧。"我说。

"我又在L镇待了一天左右,"亨利继续说道,"但我已经没有心思度假了。无论我在哪里,河边、酒店,我都会想起穿着蓝色衬衣的玛丽。其他旅客带给我的厌烦感就像我留给他们的粗鲁感一样多。我长时间散步,一吃完晚饭便躺在床上,因为找不到更有趣的事做;但是我睡不着觉,一直想着玛丽的去向。我骂自己是一个太过认真的傻瓜,不能放下那身制服的约束。我反复问自己,如果我隐藏怀疑,在假期里和玛丽缠绵,能有什么害处呢?她会一直陪伴在我身边,她不可能继续从事间谍活动——尽管也许她想这样做。假期结束的时候,我可以警告她我知道了一切,或许可以劝她不要继续做德国间谍。但现在,她永远地走了。我失去了和一个女孩一起快乐的机会,而这个女孩在不到一天的时间便激起了我心底那种深刻的感情。

"无聊又郁闷,我决定结束假期,回营地报到。我的同事看我回来得这么早很惊讶,但他们也很满意,因为还有很多工作需要去做。他们自然打趣我这么匆忙回来,好多话都触及了我的痛处。但我耸耸肩,随他们开玩笑吧。我全心全意地投入到工作当中,希望通过无数审问来忘记我的悲伤。

"回来两天之后,我正在营房里工作,突然听到外面一阵骚乱。一位军官闯了进来,向我敬礼后气喘吁吁地说:'对不起,先生,打扰了。我的两个手下在一个村庄抓住了一名间谍,刚把她押到这儿。抓了个现行,我相信,她正试图从一名官员那里套取信息。您想审问她吗,先生?'"

"我抓起帽子,"亨利说,"系紧了皮带,大步向门口走去。这种事情是对例行审查程序的一个打破和改变——多幸运。然而立刻,我呆住了,就像我的胸膛中了一枚大口径子弹一样。我看到两个士兵押着的人是玛丽。士兵们抓着她纤细的手腕,她高傲又挑衅地看着我。然而当她认出我时,她的脸想是因为震惊而变得煞白。我盯着她,我的心怦怦直跳。

"'这是怎么回事?'我结结巴巴地说。

"其中一名士兵一边扭住玛丽的手腕,一边用列兵或非公职人员给出证据时常常带着的那种一丝不苟的音调讲道:'先生,一个小时之前,迪普伊和我正在红兔子酒吧外面执勤,这女人在酒吧里的一个包间内和一名骑兵长官在一起。长官对她产生了怀疑,假装喝醉了,她便开始问他,他的团在哪里驻军,他们属于哪个师。长官将她留在那里,又让一个朋友找到了我们。我们逮捕了她,搜查了她的背包,发现了这个笔记本。于是,我们把她带到了营地。'

"他拿出一本皮面小笔记本。我迅速翻看了一遍,我的心沉了下来。其中两三页上写着长官们的名字和单位,还有一页有匆匆勾勒的地图,其上还有用铅笔标着的团部名称,旁边还标有箭头以及其他标注。我注意到地图的标注用的是德国传统标注。更糟糕的是,在笔记本后面的一张皱皱巴巴的纸上还草草地记有和柏林联系的地址。

"再见到玛丽,我无法正视她。但是怎么办?我只有鼓足勇气,直视着她的眼睛:'你对这指控有什么要说的吗?'我尽量正式地问她。

"她朝我微微地一笑,然后耸了耸肩。'C'est la guerre.[1]'她说。

"但很快她就崩溃了。她猛地推开了警卫,扑在地上,抓住我的脚踝,吻着我那满是泥浆的营地靴。你当然知道那段时间的营地是怎么样的,污泥得有一尺多深吧?她整个人趴在泥泞里,抓着我的脚踝,恳求我的饶恕,直到警卫把她拖开,把她拉起来。我低头看着她那发亮的白皙的脸,我上一次见到那脸庞时,是在床上,在白色的枕头上,那脸庞温暖而充满着爱意。此刻,我的心空了,一时间说不出一句话来。

"'救救我吧,看在上帝的分上,救救我吧!'她啜泣着,'放我走吧!我求你了!我太年轻了,不能死。'即使是在她悲痛的时候,她也非常聪明、体贴地想到用德语和我说话,这样士兵就不知道她在说什么了。

"我几乎说不出话来,但我知道我不能第二次逃避我的职责了。'把她带走,关起来。'我对警卫说,'她明天将要受审。'

"第二天的审理并没有花费很长时间——命运还是不肯放过我,我被登记为审判长,没有人可以代替我。我查看了那些简单证据,接着,玛丽被判处在第二天黎明的时候作为间谍被

---

1 此句为法语:这是战争。

枪毙。按照惯例,我问她最后还有什么请求。她现在已经完全恢复了平静。她镇静地看着我,嘴唇上露出一丝微笑。'我想要一盒烟。'她冷静地说道。她说出的牌子恰是我的最爱:'这些烟是作为对一个短暂、快乐的假期,以及一位给了我一次机会却不能给我第二次机会的朋友的纪念。'

"第二天清晨,她被枪毙了。她死时很勇敢,他们告诉我,她的头抬得很高。即使是现今,当我晚上醒来——我妻子在我身边熟睡——我有时还会想起穿着蓝色衬衫的玛丽,一想到她,我的心就会感到很痛。但我能怎么办呢?"亨利说。

我看着亨利,耸了耸肩,摊开手掌:"确实是,我的朋友,你还能做什么呢?这不是爱情而是战争。"

前瞻

如果说历史研究有实际价值的话，那肯定是它提供了适用于现在和未来的经验教训。人类很大程度上是通过经验来学习的，历史则是长久以来很多人经验的记录。

　　我并不认为在这本书中介绍的案例是具有国际意义的历史性事件——尽管林德曼斯的案子造成的影响超出了本地区；但对我来说，这些案子也为我们现在所生活的时代提供了借鉴。

　　当一个人自愿入伍，或者被征兵入伍时，他可能丧失了某些公民所拥有的权力。他必须服从命令，前往他被派去的世界上任何地方，不能罢工；因为在部队里，罢工被叫作"兵变"。

　　与之相同，一个受雇于政府的科学家、外交官或者政治家，可能会失去一些与安全要求不相容的平民特权。没有人强迫他们受雇于政府，但是，一旦他们成了政府官员，他们必须严格地遵守纪律和安全规定。

　　反情报部门无论在和平还是战争年代，其任务和警察的非常类似。首先，他们得防止危害国家安全的间谍活动或者出卖行为发生；其次，一旦发生了这样的行为，反情报部门必须追踪、逮捕相关人员。就像我在这本书中指出的那样，一个成功的反间谍情报部门人员需要拥有某些天生的能力，同时他也要经过历时数年的经验积累和训练。总之，反情报部门的工作是一个出力不讨好的工作。反情报人员必须长时间、不规律地工作，正常的家庭生活于他而言几乎是不存在的，他必须随时待命，随时准备出发。他可能结交不到很多朋友，和朋友讨论工作或实事求是地描述工作对他来说也是一种奢侈，他甚至对妻子也要保密。人们总是期望这样的工作——要求你接受过法律和心理训练，掌握几种语言，常常身处险境——一定会获得高薪，然而事实却相反。当我担任皇家维多利亚爱国学校的首席审讯官时——那个时候，这个职位被认为是英国反情报系统的关键职位——我拿的薪水并不比一位很能干的女速记员的多。当然，那是战争期间，每个人都准备在战争时期作出牺牲。但在和平年代则不同了。我们不能因为一个拥有良好素质，可以在行业里很轻松地每年赚到一千五百英镑的人，不愿意拿三分之一的薪水加入政府部门而责怪他。这和爱不爱国扯不上关系，这就好像国会议员在他们就职后不久，为增加三分之一的薪水而投票一样。

吸引人们进入一个不是广受欢迎的行业有两种方法。一种是增加工资，另一种是改善条件。第二种办法因为反情报部门工作本身的特殊性而被排除了。但是，一个真正高效的反情报部门组织会吸引非常有价值的志愿者积极、主动地加入，所增加的工资费用不会超过可能的情报战所挽回的公众资金损失的百分之一。而且这样的加入者不会比上面提到的议会成员更"唯利是图"。

缩减安全方面的花费是吝啬错了方向,是糟糕的,因为最终的代价是昂贵的。任何人都明白,防患于未然要好于亡羊补牢,修复损失的代价将是无法估计的。这就好比任何形式的补偿都不能使在爆炸中丧生的人死而复生。让我们永远不要忘记,一分钱的预防,胜于一百万英镑的治疗。

为了应对逐步增加的任务,反情报机构的领导人必须毫不拖延地培训大量新人——如果还没有这么做的话。军队情报部门可能是训练新人的最佳机构。训练新人的重心应该放在如何搜查行李等上。就像我介绍的一些相关的案例一样,一个间谍总会被他所携带的东西所出卖。另外,外勤安保部门的军官必须流利掌握几门外语,尤其是法语和德语。在上一场战争中,很多聪明的、受过恰当教育的人却变得毫无用处,因为他们既不能审讯嫌疑人,也不能翻译他们的文件。

正如一句拉丁谚语:Si vis pacem, para bellum.——如果你想要和平,就为战争做好准备。

我们当中没有谁想看到另一场战争爆发——无论输赢,它都有可能结束我们的文明。但是战争并不是我们举起双手就可以避免的。一个国家准备得越充分,她的敌人发动公开的敌对行动的可能性就越小。

从1936年以来,战争不仅意味着国家之间的冲突,而且意味着意识形态之间的冲突。我们的政府应当大幅度提高反情报特工们的工资,加强政府研究部门以及外交部的纪律。同时也要做好准备:一旦真正的战争爆发,可以立即安排人员对难民进行有力的审讯。我真诚地希望他们可以做到。

尽管反情报部门的人员被幽默地称为"带着斗篷和匕首的人",但永远不要忘记,斗篷是一种保护,而匕首可以阻挡敌人。